风中的女人

中的女人

鞠莉 著

中国出版集团 现代出版社

图书在版编目（CIP）数据

风景中的女人 / 鞠莉著. -- 北京 ：现代出版社，
2017.12

ISBN 978-7-5143-6632-7

Ⅰ．①风… Ⅱ．①鞠… Ⅲ．①散文集－中国－当代
Ⅳ．①I267

中国版本图书馆CIP数据核字（2017）第284974号

风景中的女人

作　　者	鞠　莉	
责任编辑	杨学庆	
出版发行	现代出版社	
地　　址	北京市安定门外安华里504号	
邮政编码	100011	
电　　话	010-64267325　010-64245264（兼传真）	
网　　址	www.1980xd.com	
电子邮箱	xiandai@vip.sina.com	
印　　刷	北京一鑫印务有限责任公司	
开　　本	880mm×1230mm　1/32	
印　　张	7	
字　　数	146千	
版　　次	2017年12月第1版　2022年7月第2次印刷	
书　　号	ISBN 978-7-5143-6632-7	
定　　价	39.80元	

没有丝毫的邪念

——《风景中的女人》序

羊　子

浏览完全部文章。

室外，正是阳光葱茏的时候，空气中飘荡着一树树金桂沁人心脾的甜丝丝的香味。放眼看去，峡谷远远近近的山岭上，开放着簇簇紫红色小花，像闺阁女子身上一袭薄薄的春衫，让人看见肌肤的柔润和线条的丰腴。

阳光下奔腾的江水是岷江，也就是汶水。北宋文学家范仲淹，曾在这里，留下熠熠生辉的墨宝："岷山起凤，汶水腾蛟。"

两江汇合处，就是文字中不时出现的小镇。

——我现在一瓢饮的地方。

顺着江流消逝的山口看出去，作者就在水流漫步的山下。

作者就是鞠莉，户籍上是这里的人，在群山一样青春的阳光中，攀过岷江的山，饮过岷江的水，徜徉过小镇的街，咀嚼过梯田簇拥着村庄的羌餐，沐浴过《羌族文学》的月光。如此清亮的记忆，转过身，就从这些文字篇什中，安安静静、漂漂亮亮地走了出来。

想着这样的作者，回味着这些文字的韵味，当然，其间还有其他意绪交织的情思，还有其他山水和人文共存的经历，都在作者心底，作者生命中，甚至梦寐里，翩翩然飞舞起来，盈盈然烂漫起来。

面对如此唯美的心境，如此澄明的文字，我还能说些什么呢？我该说些什么呢？向作者，向读者，我在八月芳香的阳光中，看见一切都那么地井然、清静，当初一样碧绿、美好。

岷江滔滔。岷江奔流。千沟万壑中携带出来的岩石，到我眼前的这个河段，早已没有了面目嶙峋的模样，只剩下急水波涛下大大小小的圆滑、细小。亦浊亦清的流水，带着层层梯田、高山草甸、雪峰上的沃土，由着千万年来无法更改的性情，倾泻而来，浩荡出山。那些被暴躁愤怒的江水携带的卵石，相互碰撞，一路摩擦，还有那些昏昏黄黄融进江流的泥土，都一一离别了群山，一一搁浅在四川盆地的西部，最终演绎成了大地的平原、人类的家园。

就在这个家园、这个平原的端口——都江堰，世界文化遗产和世界自然遗产的胜地，鞠莉就生活在这里，和她的梦想，她的工作，她的家人，一同感受人世间的炎凉阴晴、悲欢离合。从一个角度讲，这里也是红尘滚滚之地，想来都令人畏惧。但是，作者在这样的大千世界里，竟然，让自己歇下脚步，把曾经心爱的文字，纷纷邀约到一起，编排在一本名叫

《风景中的女人》书里，与沸腾的现代生活，保持着足够清闲、清静、清幽的距离。

除了作品中的女人，相信作者也是风景中的女人。

看着作者，想着那些文章，从她不同年代、不同书桌上窥窕出来，与她的世界相依相伴，最好是在入夜的时分来阅读，来品味。

这之中，说真的，尤其喜欢《桑梓路》的纯净——文的纯净和人的纯净。顺便，我想说一下写法，当阅读到作者在母亲故乡的山水间的小学时，居然，荡去所有，直接进入一对一的抒情——我和你——只有我和你，我心中一想，糟了，这不是写作之大忌，头重脚轻了吗？继续看下去，我长长舒了一口气，作者的叙写并没有我所设想的草率。这就意外了——怎么会有如此异样的感觉？稍微一想，这样的写法，原也未尝不可，里面的我就是需要这样独自地留恋和抒情，为什么不放弃四周（其实，也是置身于四周）而进入纯粹自我净明的心境？为什么不？我无法回答自己的反问。

喜欢作者清纯时代的折射，譬如《莲》，还有《散落的羽毛》。

喜欢《风景中的女人》这一份热切的关注。喜欢《灰鸽》。喜欢《无花果》的荷花人生，那个被学校远离、被家庭摈弃、被男人践踏、被生活挽留、被自我重生的女同学，其时，我的眼泪，合适地流了出来——为这个孩子，这个土地上的女人，这个家庭孩子的母亲，都美——人性华光不灭的美。

心中不时顾及到，这是引言，不是文论，我压制着自己。

说真的，只要是从生命中、心地间流淌出来的文字，哪一个凭心阅读的人，可能会感受不到作者心灵的向善，向美和向真？！

此刻，流淌四面群山的阳光，充盈着桂花、苹果、花椒的新香，合着岷江铿锵的涛声，让我的目光暂且停留在《心石》这样的情境、这样的文字中吧："我，没有非分之想，没有丝毫的邪念；我，只想深深躺在流水之中，只想静静地倾诉，衷心地祝福。"

2017年9月26日于汶川昆仑书院

（羊子，中国作家协会会员，国家一级作家，《羌族文学》主编，曾出访美国爱荷华大学"国际写作计划"，著有《汶川羌》《神奇的九寨》等作品。）

contents

目录

岁月心事

岁
月
心
事

莲

——致花季那3年（1986—1989）

莲，总是在想你。

月色清辉，如水般泻满了荷塘。

莲，静静地躺在荷叶上，摇着葵扇。银白的发丝随风飘散，思绪漫漫。

那个淡淡的雨季，你默默守在莲必经的路旁，捎给她一把油纸伞，可她那时好无情，孤傲的眼神如云般飘走，一句冷语扔下你和那把伞，宁愿一个人淋着、淋着，漠然离去……

你呆立原地，注视着她远去的倩影。

雨水湿透了莲的衣襟，也湿透了你的心，而她却不肯知觉。

五年后的今夜，闻窗外淅淅沥沥，恍然记起昨天雨中的你。哦，多么希望，多么希望时光可以倒流。想悄然遥问，能否原谅那个冷漠倨傲的人儿？倘若没有真意，又怎会把往日收藏？只是未曾料到，无意中有一股难言的悲切潮湿了莲的眸子。

去年中秋的那个黄昏，莲曾悄然躲进清寂的角落为你祈祷。今年的此时却丧失了一份勇气。你们彼此阴阳两隔，莲逾越不了，你也逾越不了。

不知你在天堂里是否常常彻夜难眠，也不知你在那边是否常常无奈伤感？一个原本天真活泼的她渐渐变得冷漠淡然，在很长的一段时光里，活得几乎只剩一具躯壳。时空不能容她肆意淋漓的泪，不能容她长久的哀歌，不能容她长久的愁颜。只望你能谅解一朵莲心，如月之华照在你的坟前。

站在这里，她不禁咀嚼起风雨中的你，是雾是谜？裹着满身灰色前行。孤独的背影，在水面倒映出黄昏时分的涟漪。

那年，是你携住一双小手，两人摇摇晃晃走过这令人心颤的独木桥。桥下湍急的河流，令她瑟瑟发抖。那时刻，唯有你能止得住莲的怯懦。岸边，永远是晨露、阳光、空气、花鸟。从未曾听说过什么电闪雷鸣，从未听说过什么破碎凋零。在梦里，这世界仿佛只有你和她，共同驱赶凶残的野兽，度过无数个朝朝暮暮。

有一天，莲满怀新的希望，从远方踏青归来，重新来到桥头，却再也没能见到你那修长挺拔的身影，也没有你温和俊朗的音容。往昔的一幕幕在脑海里依然重现：当她的内心特别无助时，是你一次次伸出有力的双手，抱住疲惫的她，走过摇晃的小桥到岸的那头。而今却只留下一朵凄零的莲，还有那道永远无法弥补的伤口。

当你靠近莲时，她想离开你；当你远离莲时，她却又期待着你的出现。

"人生像一座围城，城外的人想攻进来，城内的人想跑出去。"

拥有你时不曾珍惜，一旦永远地失去你时，写给以后的只有忏悔和负疚，即便莲将你重新珍视一次，将你视为生命的太阳，悬挂在她空空的心房——那曾经其实唯一只属于你的地方；将你看作生命的天使，安放在她清清的魂灵旁，又能唤回几多退却的声浪？

那葵扇轻柔地在莲的手里摇着头，摇成一把圆圆的团扇，摇出一轮圆圆的秋月。

午夜的莲合上双眼，渐渐睡去。

飘之絮语

这些年，絮，一直缄默着，孑然一身，在空气中，在风雨中飘动。因为她的身体实在是太轻了，以致上苍无法赐予她一双翅膀；她的外形实在是太小了，以致稍不留神，随时就被一阵风给刮到树枝上摇摇欲坠。这个世界满大街各式各样的人们忙着追逐眼花缭乱的欲望，怎会在意一片轻如鸿毛的絮？但絮，还是坚持着挺了过来。

蓦然回首，紫色的记忆推开了那扇尘封已久的心门，把絮的影子留给了昨天。

絮今天接到雷霆的邀约电话，明天接到风花的婚宴请柬，后天接到雪月的玫瑰之约，考虑再三，还是回绝了。再等等看吧，她宁愿选择孤独，也不盲从；她宁愿选择坚持，也不逾越自己的底线。絮，踟蹰前行，祈祷着跨越今天，飘向灿烂的明天。

无人知晓，在外漂泊的岁月里，絮究竟经历了怎样的酸甜苦辣。她也曾犹疑过自己的选择，难道这就是我的宿命？时光从她的指缝间划过，从她的心底划过，茫然之际真想叩问女娲，到底何处才是一己归宿？

　　直到有一天，絮，感觉实在太累，身体已经飘不动了。极度疲乏中，她懵懂泊于禅房，进入梦乡。寺院悠长的古琴声唤醒她的知觉：为何人到白头，总是盼望叶落归根？她确信至此她将结束飘，和所有的生灵一样，终将回到大地的怀抱，与泥土尘埃相亲相伴，与朽叶蚁虫共枕共眠。

昨半夜醒来

"昨半夜醒来，没开灯，发现室内仍有些明亮，掀开窗帘，惊喜地发现竟有一轮明月挂在天上。也许昨夜月亮悄悄预约了太阳，今一大早太阳就傻乎乎地一直在天上等着月亮出来，可月亮偏偏玩起了藏猫猫的游戏，躲进云层里去了。尽管如此，那些灿烂的阳光把小狗妞妞的心情温暖得些许明朗起来。"

我莫名地在心里冒出了这些文字，仿佛感觉妞妞的思想是那熊掌中的一根火柴，轻轻一划，就会燃烧起来。我翻开自己写的那童话第 12 页，上面写道："……那熊掌有意无意地被弄伤了，近日生活无法自理，不禁勾起狗狗的想象：早起醒来，虎娘正在为熊穿衣裤，擦屁股，洗脸，刷牙，喂饭……婴儿般呵护着。痛苦转变为幸福，熊开心至极。窗外街边满眼的银杏叶被阳光照得金灿灿的，风一吹，蝴蝶般的银杏叶在空中纷纷飘落……银杏叶在微风下，就像一只只欢快蝴蝶从天而降，我，戴着礼帽，轻轻地挽着他的手臂，和风儿一起吟唱……"

"风吹乱了我的发丝，他伸出修长而白皙的手指轻轻为我捋去，让我露出杏色肌肤的脸庞，说，亲，快回家吧。我像一只迷途的小白兔，无助地盯着他，点点头，乖乖地跟着他回家了。我俩和摇摇晃晃的妞妞一直走着，走在这冬天的风景里……心旷神怡，真美！美得不仅仅令人陶醉，甚至美得令人窒息。友，你喜欢这样的风景吗？欢迎同赏。"

友，我再一次为你写下这些断断续续的句子。

因为我知道，你多么需要我的安慰。

你之所以心烦，是你内心永远无法去坚定和坚持，也不知道内心究竟真正需要的是什么。曾经以为你很执着。其实，精神和物质，你无法去决绝地做出任何选择，看不清人，看不清方向，视觉一片模糊，茫然，矛盾，纠结。其实，我知道，在你心底，你是很爱他们的！只因为情感上曾经受过很大的创伤，所以导致你从此不会轻易再去相信谁。我为你难受的是，你的思维一直处于模糊状态。所以，我只能深深地祝福你！

我想说，感觉好点没？应该和好了吧？很久没做梦了，昨晚居然梦见你们一家人：梦境中的我正在河边一木屋里做饭菜，灵儿也在屋里。我的君却不知去了哪里，一直没有出现。你独自闷坐在河边，很不开心的样子。然后体型胖乎乎的她来找你们了。我们一起吃了饭。我叫灵儿喊你吃饭，灵儿贴在玻璃窗上大声喊你，爸爸，爸爸！你却无动于衷，隔了很久才起身，像是很不情愿的样子。我做的菜，他们都说好吃，还有凉拌木耳。吃罢，母女俩和我一起睡在炕似的大床上。不知什么时候，你突然进屋了，还是皱着眉，满脸不悦。我赶紧起床给你盛饭，你说你要吃凉拌木耳，我看碗里木耳不多了，就给你热其他菜吃，端上桌，你闷头三下五除二便吃了。然后，君却不知从哪里冒出来，执意要送你们回去，屋里只剩下我一个人。后来，我醒了，一看手机上的时间，凌晨3点刚过。

为了孩子，友，我真诚地劝慰你能凑合就凑合下去。实在下决心无法凑合，两人因长期感情破裂，性格不和，长期分居是可以成为离婚理由起诉的。至于财产和孩子不是谁说要就要，谁说不要就不要，都必须走相关法律程序。当然，如果你觉得一切都无所谓，可以主动放弃一切，净身出户也行。但是你真的会心甘情愿放弃艰苦奋斗多年换来的大半生吗？这绝对是假话。即使你冲动放弃一切，平静后，你一定会后悔莫及，痛不欲生，等于白活了半辈子。

当然，如果现在有一个白富美很爱你，你也很爱那个白富美，你可以坦然放弃一切，和白富美结合，过上衣食无忧的生活。可是天天山珍海味又能怎样？久了依然会吃腻。即便如此，在情感上，你内心真的能永远保持洒脱、永远保持快乐吗？我太了解你的性格了：心地善良，外硬内软，完全属于冲动型，炸药型，一旦燃烧爆炸，一定会追悔莫及。

凭对你的了解：你不是一个单纯仅注重感情的人，也不是单纯追求物欲的人，属于精神物质混合型。你的思想历练尚未达到脱俗的境界。现实中，能达到脱俗境界的人微乎其微。就像你可能在心里认为我对你说这番话的时候，我其实是个特别没劲的人，无趣的人，是个那样现实和庸俗的女人。

不管你如何看待我，我始终相信，性格决定人生这句话。

所以，你的性格决定你的婚姻，将永远会处于矛盾、纠结中，苦苦挣扎一生，欲断未断，欲了未了。话说回来，如今很多婚姻何尝不是属于此类模式，维系终生？

呵呵，请原谅我忍不住在心里哑然失笑。有时，你是不是觉得我有点像个政委？在我看来，政委其实就是专治人类思想疾病的老中医。

友，请笑一个，好吗？别老绷着脸。平时你不是常常叫我要开心吗？所以，你自己应做表率啊。笑一个，别跟女人一般见识，你大人大量，宰相肚里能撑船。没什么迈不过去的坎儿。

友，我想告诉你一件不足挂齿的小事：那天午间上班途中，走到安桥，我冷不丁地一抬头，对面一位衣着讲究，风度翩翩的中年男人站在桥边发愣，那一瞬，他回头盯着我。我猛一惊愕。你知道是为什么吗？令我惊愕的不是他的眼神，而是天啦，他的模样怎么会特别像你？你们高矮胖瘦也差不多，只是他肤色比你白净。难道是你突然回来了？我心里淡笑而过，呵呵，幻觉呢。梦幻，总是美好的。世间也许真有长得特别相像之人，正如你第一次看见十八岁时的我，以为我像你的某个熟人一样，似曾相识之感。不过，我的朋友每天都在雪域里值班，站岗放哨，忙得很。要等到他年满九十九岁时才能退休回来，请我到他们村里去做客。

山　泉

心河对岸，有一股幽幽的山泉。

当岩边飘来一丝丝细雨，山泉总是担心它们无家可归，浪迹天涯。所以，她毫不犹豫，伸手相助。细雨无言，常常满怀感激地凝望着你，看着你一次次神秘地从那幽谷的悬崖峭壁倾泻而下，如同天外飞仙信手飘飞的一条白丝带，透明清澈地挂在那里。侧眼望去，你仿佛已是天公随意留在山崖的一支白色神笔。

你总是无怨无悔，为了炎炎烈日下辛勤的耕耘者，为着那每一根几乎快被烤焦的舌头和嘶哑的喉咙送去清凉。你为自己被无数焦渴的生命一饮而尽的感觉而自豪，也为自己被所有生命转化为汗滴，并以此去收获果实而欣慰。

一直以来，你觉得自己的每一次付出，每一次拯救，每一次蜕变，都是你应尽的职责和使命。

细雨知道，你欣赏"飞流直下三千尺，疑是银河落九天"的庐山瀑布，慨叹"仰天大笑出门去，我辈岂是蓬蒿人"那气势浩瀚的江海心态。但这并不意味着你失去自我或陷入孤芳自赏，而是你懂得在这平凡的世界，不是所有山泉都可以变成瀑布抑或大海，更多的山泉只能化身沧海一粟。所以，你显得那样的普通而宁静，与世无争，远离喧嚣与浮华，在心底保持低调，低调地弹奏一曲自由的乐音，哪怕偶尔这乐音曲高和寡，也愿淡泊深藏于斯。

在无尽的岁月里，你流淌于山民的肩头，实实在在感受到他们生活的沉重与艰辛。所以，你甘愿在火塘上一次次沸腾，一次次升华，宛如一场场为他们消除疲乏、解除病痛而欢庆跳跃的鼓舞。

转眼季节轮回，冬，自北方远道而来，却悄无声息。

寒冷的冬看似一个奇异的生灵，他整个身体是白色的，躯壳上堆满了雪花与冰霜，肢体僵硬，有些漫长。季节老人悄悄告诉你，其实冬的心温暖而柔软。只不过为了坚守季节的平衡，所以他总喜欢摆着一张冷峻的脸谱，冰冷的眼神不屑目睹你自由热情的舞蹈，失聪的耳朵也无法听见你自由欢快的歌声。尽管如此，你还是渐渐理解和包容了冬的寒冷，因为春夏秋冬为了维护整个大自然的循环往复，都有各自的使命。寒冷也就成了冬的职责：有时，残酷的冬夜会将你单纯、清澈、柔软、飘逸的身体分解成一根根细细的冰柱立在山崖。但没关系，你一如既往，如空谷幽兰，如傲雪寒梅，一直咬牙坚持在冬里熬霜，独绽芬芳。

你始终坚信，春暖花开的时节，冰期总会结束，万物又将复苏美妙的乐音，你又能畅所欲言地对着天空、大地和山川自由地流泻和倾诉。

在整个自然界，没有谁，可以战胜季节的轮回。然而，任何一个宝贵的生命以及生命里的信念，却可以超脱季节，抒写出动人的乐章。

　　你依然如纯洁的白衣天使，站在山川的脚下，仰望天空的情愫，揽雨入怀；你，永远是一股平凡的山泉，周而复始，默默坚守，自然流淌，不惧冬的束缚，将重返春的河床，夏的湖泊，秋的海洋。

心 石

　　我，是三江草坪村中河桥下的一块石头。

　　我已数不清自己保持着这样的状态，默默伫立水中，度过了多少年。人们似乎彻底淡忘了我，我也淡忘了人们。我甚至淡漠得几乎快要忘记了我的名字，我的年龄，我的祖辈。千年前某一天，我的身体突然爆裂，没有人目睹到我的血液已顺流而下。人们只是从表面看见我仿佛张开了嘴巴，为我取名"张嘴石"。其实，我的心仅仅动了一下，在怀念着那些岁月中消亡的无辜生灵，多么希望他们能够回归啊。

　　有时真想大声说，其实脑海里从来没有忘记过！数万万年前，我只是这空气中的一粒尘埃，是江河里的一颗沙砾。岁月推着年轮，一天天，一月月，一年年，我最终无法抵御住沧海桑田的魔力，演变成了大山深处那块最普通的石头：只想单纯地保持着自我，与世无争，不想伤害任何人，也不想被任何人伤害；只想和人类彼此保持着适当的距离，保持着那份宁静、和谐与平衡。精神和身体慢慢变得巨大而坚硬，刀光剑影、风花雪月似乎与我无关。人们不会去在意一块石头，石头也不想被他们去在意，因为有了在意就会有宠辱。而真正能做到宠辱不惊的，他们也知道，于人而言，何其难也，于石则枉然。有时这样也让我感到快乐和自在，我不用去在意他们的目光和脸孔，冷的，或是热的，美的，或是丑的，假的，或是真的；我也不用去在意他们的舌头，长与短，善与恶，是与非。如此也罢，可以不必劳心伤神，少去许多的烦恼。石头只想静静地单纯地保持着一个相对独立的自我。但后来我知道自己这样的思想完全错了。人们总是自作聪明，自以为是，产生错觉，以为我只是块石头，无知无味：没有眼睛，没有心灵，没有记忆，没有历史，没有耳朵，没有嘴巴。其实，石头是很敏感的，很脆弱的，就像他们肉体里的神经和血管一样。我只是不想轻易爆发，我有着和我父亲一样的血性。谁也不会相信，我曾目睹人类肆意践踏我父母的仁慈和宽容，将我父母的忍耐当成软弱可欺。他们举起锋利的斧头，无情地砍伐我的朋友——原始森林，肆无忌惮地捕杀我的邻居——珍稀动物。大地父亲一直在默默忍耐，他只是不想伤害任何无辜的生灵，他咬牙狠命地忍着，一次又一次捏紧了拳头，含着泪，心滴着血。他知道，一旦他的怒火爆发将不堪设想。于是，他依然超常地煎熬着，无声无息，忍着，痛着。

　　不知不觉中，人类开始放下屠刀，却未能立地成佛。他们开始渐渐警醒，意识到他们欲念的贪婪，行为的荒诞、无知和愚昧，他们决心痛改前非。宇宙之神终于出来主持公道，召开了一场庄严的审判大会。人们自惭形秽，反省，自检。

　　我，仅仅是这个世界无数石头中一块最普通的石头，是心石。我虽然痛着，裂着，碎着，但每时每刻我无不默默关注着三江的变化，我相信她会有变得更加明净透彻的那一天。

我，没有非分之想，没有丝毫的邪念；我，只想深深躺在流水之中，只想静静地倾诉，衷心地祝福。

震 惊

一早打开新浪首页，赫然看见高清大片显现——北京时间：2009 年 6 月 26 日迈克尔·杰克逊去世。

一瞬间，无比震惊——好几秒钟才回过神来。曾经是那么地喜欢他的歌声，欣赏他的舞蹈，崇拜他浑身散发着的令多少人震撼无比的音乐力量！

生命啊，为何你如此脆弱？无论是平凡的，卓越的，低贱的，高贵的，贫穷的，富有的，单纯的，复杂的，软弱的，坚强的，无论你曾经怎样，谁都无法预料，就这样匆匆结束，戛然而止。

一双"燃烧的翅膀"

昨晚无意中走进了一个小朋友美丽的空间，突然被其中一首名为《燃烧的翅膀》歌曲深深地感染了，难道是自己感性的免疫力在那时刻瞬间下降？

当一段音符刚刚回响的时候，立刻觉得似曾耳熟，如果没记错的话，这似乎是《蜗居》里放过的一首歌，特像片中那个叫小贝的悲情写照。这个心地无比透明、善良的小伙子，身上弥漫着阳光和清新，他是那么的爱海藻。当他被海藻无数次地背叛和伤害之后，他彻底绝望地离开了这个被他深爱的女人。而海藻总是痛苦地徘徊在"坏男人"宋思明和小贝之间，难以自拔。宋思明因为有优越的社会地位做光环，再加上他身上具有诱人的男人味儿，拥有众多女人都难以抵挡的魅力：当海藻每次遇到困难，只有他为一个弱女子遮风挡雨。他就像一棵传统女人骨子里渴盼依靠的大树。

令人扼腕唏嘘的是，宋思明最后的悲剧在于他迷失了仕途方向，走向了罪恶的不归路……当海藻从爱情的噩梦中惊醒过来，一切都已悔之晚矣。

天使一旦失去那双有力的翅膀，曾经燃烧过的所有梦想，落地之后，完全得靠自己去面对这个无情的现实世界。

偶　梦

　　只听见一个声音对另一个声音失望地叹息——有些伤感、失望、恼怒的感觉。L在内心是个特别注重精神的完美主义者。

　　一次偶然的相识，L无意中撞见了F，渐渐地，他们成了几乎无话不谈的好朋友，甚至以姐弟相称。可是F比L小很多，L有时是很戒备的，说话时总感觉彼此有时代的隔膜。但F一次次的"纯真"似乎让L以为这个世界真的有"纯真"，于是，她渐渐消除了对F的戒备。每当她内心孤独、郁闷，不知道对谁诉说的时候，她会常常忍不住对他说很多心里的喜怒哀乐，她把他当成很信赖的朋友，很纯的朋友。L还经常在F孤独、烦躁的时候安慰他、鼓励他、开导他，因为那时正是F失恋的时刻，也许F那时是真的很脆弱。

　　有一天晚上，F似乎喝醉了，告诉L他内心很痛，很在乎失去的女友，却又没有勇气去追回那份爱。L不愿意看见F在痛苦中自我折磨，徘徊不前，便不断鼓励他勇敢去寻找自己真正喜欢的东西，不要轻易放弃。可奇怪的是，自此，那个F似乎对L变得毫不认识一般。也许，他找到了属于自己的世界，全然忘记了曾经有过像L这样真诚善待他的朋友。

我有时在想，即使 F 找到了属于自己的幸福和快乐，也应该对 L 礼貌地说声谢谢或者告别。可是，F 什么都没说。L 终于明白，F 是个多么自私的男孩子，一个没有长大的小男孩，但并不是她所想象的那样"纯真"了。

也许，这个世界真的要被打上一个个问号了。

头　疼

昨晚佳美头有些疼，畏寒，起来吃了药，睡下了。

早上脑袋晕沉沉的，人还躺在被窝里，大概九点的时候，突然接到 X 下属的电话，通知下周一（3 月 1 日）报到。她有些惊讶，也有些开心。X 变了，不像最初那样的行事风格了，那时很摆谱，也很捉弄人。呵呵，真够小说情节，想想那时，X 确有几分可恶，包括 H 也觉得 X 很可恶，甚至现在只要一提起 X，H 还有些心结。但现在回过头去想想，对 X 是怨，还是应该表示理解？不置可否。戏剧性的人生，千姿百态。

更滑稽的是，H 接着来电，说 G 要见面谈谈有关事宜。H 因为有些厌恶 G，居然撒谎，说佳美在异地，G 说那太遗憾了。佳美听后，只说撒谎不好，提醒 H 留心今天难保会碰上 G。H 却自信地说，不会，不会，哪会。一会儿，佳美吃了碗麻辣混沌，开开胃，然后随意地在街上溜达，让软绵绵的身体彻底融进这宝贵而又明媚的阳光里。H 又来电说，嘿，你说奇怪不，刚才居然在桥边遇见 G 了。佳美一听，禁不住笑出声来，哈哈，地球真小！幸亏俺当时不在场。H 说明天要去外地，嘱咐佳美晚上不要太拼命弄那些稿子。佳美想，客套话归客套话，俺不加油拼命去做，谁做？俺的命注定就是劳碌命，可俺心甘情愿。

静下来后，佳美细想，H今儿是不是有些过分？前两次，G就说见见面，俺却总是不巧，无法赴约。而这次本是有时间面谈，谁知H因为个人情绪，把人家又回绝了。H说今天突然很讨厌G说话的语气，尽说过火的话，让H心里很不爽。俺通过H了解到，说G身上有些匪气。而俺知道H更多的是书卷气，两股气息是不同的。不同的气息，预示着不一样的人生轨迹，还会辐射到他们周遭的每一个人，当然也包括俺在内。事实上，在这个意义上讲，H和G已经不仅仅是单纯的两个个体了。

佳美寻思着，谁知道H和G究竟是怎么回事。今天遇到的两件事，怎么跟小时候捉迷藏似的？事实上又是需要俺做出选择面对的时刻。没有任何约定，却都凑在一块儿了。巧合？滑稽？幸运？不幸？奇了，怪了。

感冒初愈，佳美努力想打起精气神儿，可走动了好半天，感觉身体还是好些疲惫乏力。不过，等些天，就难得如此闲暇了。

想到这里，佳美便一头钻进超市，买得最多的还是书。有些是为自己买的资料书籍，有些则是特意为X挑选的，X很爱专业书，这一点，特让佳美佩服。每个人都有长处和短处，包括H、G、X，以后还是努力多多学习他们的优点吧。

简约梦呓

不知道为什么，这个月的她遇到了很多开心或不开心的事情，以至于啼笑皆非。现在体会到，其实，啼笑皆非是最空洞的感觉，近乎于麻木状态。按理说，在 S 先生的大力帮助和支持下，中途有个有意义的梦实现了，并且自己也为此付出很多辛苦和努力，终于结出一颗美丽的小果子，应该高兴才是，可她竟然一点也开心不起来，甚至感觉是个包袱，沉沉的，压在那里，胸口有些窒闷的感觉。

晚上她做了一个怪异的梦：蒙眬中恍见一个半生半熟的自行车车夫。而那辆自行车本应是风车的化身，可连一丁点风车的影子都没有出现。据初步分析，主人公有着一颗根本难解的灵魂，肉身属于超级电玩家，二者呈现割裂状态，思想填塞些许内容，理想主义和现实主义交叉，像是来自 16 世纪的匈牙利，一个堂吉诃德式的人物，在梦里，骑上自行车，搭上几个弱女子，居然可以直接攀越陡崖，叹为观止。更为怪异的是，那辆自行车的轮子像两个巨轮，超常地大，在山崖上直接呈九十度滚动。再看那车夫，使足力气往上狂蹬，言谈举止里又透着桑丘的影子。不知道哪一个是真正的车夫，堂吉诃德，还是桑丘？后来，一位很有大家风范的骑士出现在茫茫的大沙漠，绝尘而来。那距离却很遥远，面相也很陌生。醒来后，一阵惊悸。

我在云海里等你

此生最为遗憾的是，我没能在自己最美丽的芳华时刻遇见你。偏执的我始终不相信熟悉的云，害怕被熟悉出卖和背叛。于是，我去问那些陌生的云，什么时候才能邂逅你？陌生的云，沉默无语，游移不定，一直没有回答我。有时，我是如此地讨厌它们的沉默，以为它们的沉默是对我的冷落和厌倦，而有时却又如此迷恋它们的沉默，以为它们的沉默意味着内敛和深沉。它们模棱两可的状态，更让我缺失一份安全感，令我彷徨不堪，彳亍难行。

没想到，恍惚间，云竟慢悠悠来了，那片片柔软如棉的家伙，睡眼惺忪，无拘无束，肆意在天空中漫游，没有谁可以阻挡。

我多想摘下一片这样的云，揣进竹篮捎给你，让它永远定格在你的镜头里，让它永远停留在我们山中的小木屋里，时时可与它追逐嬉戏，让木屋永远充满灿烂的笑声。

笑声在整个山林间回荡，惊雀飞去，泉水叮咚。

春去冬来，我更想把它们一片片缝进布衣里，装进棉被套里，无论夜与昼，可以让它们一直温暖着你寒凉的身体和一颗冰冷的心。

抬头遥望那云，看似距离很近，却又隔得那么遥远。

有些时候，那一排排乳白色的海浪，在无边无际的蓝色背景里，一波波卷起来，翻滚着，那声势不知道意味着开心或者愠怒；一阵阵，像要狂吼着，最终却失声般慢慢消散。

我期待着它们可以载着我的灵魂，去寻找你久远的足迹。

无数次在梦里，我像一名醉汉，迷迷糊糊，昏昏沉沉，依稀见着有一叶扁舟从云海里游出，消失，游出，消失。一艘来自远方的木船，那飘动的帆不惧四围的狂风，在海浪中昂首前行。一会儿，蓝色的背景幻为灰色，闪电和雷鸣瞬间来袭，竟无法将那风帆彻底撕破。到最后，灰色远逝，蔚蓝色的天幕重新被云手掀开，和煦的阳光从东方穿越云层，给所有的云海镶上金边，每一块云朵绽出笑颜。

我真想健步如飞，跃身而起，一一揽云入怀，或将它们移植山崖，化为朵朵百合，绽放芬芳。哪怕远方的你，只能嗅到它们那一丝丝暗香，我也心甘情愿。

曾经，一度不羁的我，野马一般，浪迹天涯。我抛弃过一朵痴情的云，不知珍惜，我以为天上的云多的是，随手一抓就是一大把：身形不一，多姿多彩，妩媚的，含蓄的，妖娆的，贤淑的，赤橙黄绿青蓝紫，五彩缤纷，看得我眼花缭乱，目不暇接，让我陷入午夜的灯红酒绿，纸醉金迷。直到有一天，我失足坠入深渊，所有光鲜的云都躲着我，离我远去。唯有那朵曾被我抛弃的云伸出纤手，不顾一切，将我救出苦海。

当我蓦然回首，这朵深爱我的云已与我擦肩而过。我夜夜冥思苦想，难以揣度：也许在余生里，她一直就这样默默地爱着我，也许她就这么一直静静地恨着我？

　　岁月嗟叹，韶华远逝，一觉醒来，我已两鬓如霜，拄着拐杖，摇摇晃晃，站在云海岸边，不再追问云的答案。我坚信"落霞与孤鹜齐飞，秋水共长天一色"，就这么一直等着你，等你归来。

童年乡味

无花果

离开故乡已有二十几个年头了，而记忆中抹不去的唯有那长长的石阶。每逢赶集的日子，来自四面八方的男女老幼络绎不绝。人们总是在那光滑而整洁的石板路上游动着，吆喝着。

那时候，家里经济条件不宽裕，我人小，嘴又馋，常常站在饭馆门口东张西望。那门口很宽敞，摆设好几张八仙桌，桌上的几个大竹筛里盛满了热气腾腾的白面馍，馍上涂有五个红色的小圆点，看上去叫人爱不释手，可我只能抓住桌子的围栏，踮起脚尖，眼巴巴地望着它们（当然母亲有时也会给店里的伙计几枚硬币，让我一饱口福）。以至成年后，长辈们不时爱用这个镜头来取笑我。不知是因为贪食还是对这个白白的玩意儿情有独钟，我总对它们看不够也吃不够。

其实，记忆中保存的印象何止这些呢？更令我无法忘记的还有家中后院外公栽下的梧桐树。如今，外公去世好些年了，那树想必也无人关照了；隔壁春桃家的那棵无花果树不知长得怎样了？还记得，每当它结果的时候，春桃总爱叫我到她家去看一看，尝一尝。事实上，那些果子大部分尚未成熟，青绿色的夹着涩味，偶尔才发现一颗红透了的，放进嘴里一嚼，里面便冒出股乳白色的浆液来，果汁甜甜的，散着清香。

那时，我和春桃虽然同校不同班，我们却很喜欢结伴而行。她的个子修长，但她常常为这烦恼，因为纯棉质地的蓝布裤穿不了多久，一下水，裤管儿又变短了，露出两只匀称的小腿，她自觉难为情也无奈，爷爷怨她光长个儿不长心，我想其实她爷爷是不可能有多余的钱及时给她添置新的。尽管如此，在我眼里的春桃仍然那般可爱动人：瞧她那对乌黑的粗辫子长长地甩在背后，水晶葡萄般的眸子，微笑起来一闪一闪的，再加之那张结实而白皙的脸蛋上有对浅浅的小酒窝，简直应被叫作"甜妞"。我们经常在一块儿，可她不太爱说笑，总是我喊喊喳喳没个完。她爱听我说话，有时被我逗乐了，她一笑脸就发红。

记得那年我们刚上初一，因怕辜负家长厚望，大多数同学都非常刻苦，尤其是那些来自农村的孩子，更怕初中毕业考不上中等学校跳不出农门（实际上，那时我们那地方很少有同学家长愿意让自己的孩子念高中，因为读高中不仅得付三年学费，并且谁也不敢保证毕业后能否顺利升入大学，而考上中专就意味着能提早工作挣钱）。而我们这些街道居民的孩子，怕的是将来成为待业青年，无业游民，所以每晚挑灯夜战，清晨早读已成了不可更改的习惯了。

那时，附近仅一家小电站，供电很紧张，煤油灯仍然必不可少地陪伴着我们。

春桃很用功。我敢说她比我付出得更多。有时我上床入睡了，外婆在另一间铺上对我直唠叨，你瞧，人家春桃还在看书哩。

我掀开蚊帐往瓦顶上望去，由于中间间隔的土墙没有封顶，因而微弱的灯光一跳一闪地映在屋顶上是显而易见的，甚至连她盖上铁文具盒的声音也听得清清楚楚。

说真的，我打心眼儿里佩服她的钻劲儿，可事与愿违。有一天放学后，我在校门口等了很久，同学们几乎都走光了，却迟迟不见春桃的人影儿，我想她可能有啥急事来不及告诉我便提前回家了。我正想转身，却见春桃从远处的平房教室里走了出来，她低着头，慢慢靠近我，撇着嘴唇一言不发。我一看不对劲，问她怎么了，她摇了摇头，再问，这才知道原来她这次期考数学只得了 65 分。好不容易她抬起头来，水晶葡萄般的眼睛此时已变得极为红肿难看。她抽泣着告诉我，叫我千万为她守住这个秘密，否则爷爷一生气捎信给她爸，她爸就不给她寄学费了。我真弄不懂她家的事，好像她爷爷原是搬运工，有点退休工资，有时也做点小买卖。据说她爸也是外面一家酒厂的工人，好歹也过得去，至于她亲妈，可就命苦了，听人讲生下春桃时连月子都未坐满，就被春桃的爸爸给气死了。有人说是她爸嫌弃她妈没工作，又有残疾，也有人说她爸有点"坏"，反正我也搞不明白大人说的话是真是假。但她爸为春桃另找了个后娘却是事实。春桃满了月就一直跟着爷爷过也是事实。

当我日渐谙世，慢慢懂得了春桃，便常从学习上帮助她。然而，未等念完初二，我因父母亲工作调动便转学离开了这

- 32

里，谁知这一去竟达二十几载春秋。

起初，我们很爱通信，但一来二去不知何故几乎断了音信。后来当我从师范学校毕业当了一名小学教员，才偶然从外婆托姑妈写的信中了解到春桃的境遇：没想到她初中毕业不久就被她父亲托人介绍给了一个有钱的包工头，但那人又好酒又好赌，动辄就拿春桃当出气筒，三天骂五天打的，春桃的日子可想而知。待她生了个宝贝儿子，那包工头才对她阴转晴，但嗜赌成性的丈夫已把这个家挥霍得所剩无几。迫于无奈之际，春桃终于向民政局递交了离婚申请，那包工头却死活不离，跪在地上给春桃磕头，看在儿子分儿上，春桃动了恻隐之心，终于与那包工头和好了。听说她丈夫总算是浪子回头，小两口在镇上开了家红红火火的火锅店，春桃想攒够钱将火锅店开到县城去，尽力给儿子念书创造更好的条件。

我心里由衷地为她祝福，我明白她试图找回她曾经失去的一切。

有一天，在单位传达室里，我意外接到一封从纳溪小学寄来的信件，拆开一看：

尊敬的云姨：

您好！身体好吗？

云姨，妈妈今天托我给您写封信，希望您能回来看看老家的变化，妈妈说店里活儿很多，她很想念您，经常在我面前提起您。妈妈还说她又栽了棵无花果树，上面的果子大多红了，要您回来亲口尝尝。原来的那棵已经枯死了。

我们全家都盼着您能把小妹妹带回来玩玩。我的字写得不好，请云姨原谅。

祝你们全家快乐！

小　桦

1994年6月

不知怎的，看着看着，我的眼睛潮湿了。

是啊，无花果，也许我真的应该回去重新尝尝你的甘甜了，美丽的无花果。

桑梓路

狭长的石阶，两旁布满苔藓的石阶，一条最易使小孩摔跤的石阶，一级一级地延伸下去。

"一、二、三、四……"数着向上拾级，不知数了多少遍。

破旧的残垣，漏着缝的泥灰篱笆，被炊烟熏得发黑，摇摇欲坠。挂满蜘蛛网的窗格，青灰色的生了绿苔的瓦舍以及那间从民国时期就延续下来的银匠铺，这一切无不深深地烙在我的印象里。每当我经过这里，总会看见那个跛脚的老银匠，瘦小的身子趴在桌上沉浸于手里那些敲敲打打的活计。我不知道他像这样敲打了多少年，我只知道他蜡黄的额上皱纹很深，那双粗糙的手，瘦得皮包骨，颤颤巍巍永远在忙活着，忙活着。

外婆的两间大屋昏暗而潮湿，尤其是在正屋的角落里摆着一口黑乎乎的大棺木，曾一度让幼小的我心有余悸。

尽管如此，我还是觉着大屋于我依然的这般亲切可人。到了晚上，点一盏油灯，在晕黄的光里挑着梅花形的灯花吃力地做作业。每次从学校拿了数学试卷回家，或喜或悲，有妈妈几句难得的表扬，也有责骂和耳光，有欢蹦得免不了沾沾自喜的雀跃，也有躲进被窝里委屈的啜泣。

在这里，第一次懂得了孩童活在世上为分数而喜，为分数而悲，笑声和眼泪的分量与分数的多少有关。那颗孱弱的心灵渐渐开始承受或多或少的负荷了。

庆幸的是，有时可以短暂地忘却负荷。尤为喜欢大人们过生日，那光景，大摆宴席，家中宾客满座，好不热闹。最重要的是可以有幸吃到平日里很久很久都无法吃到的肉食。许多亲朋自远方来，成群的小孩儿与我一同满街游玩戏逐，真是无牵无挂，忘乎所以的时刻！只因那时刻根本不用担心正忙着跳锅边舞的大人们来唤我回去。

每逢端午节吃粽子的这一天，在外婆家里会做很多好吃的佳肴。外婆还手把手地教孩子们将雄黄粉裹在棉球里，再选些平时余下的鲜艳的布料缝好，做成小猴状的香角包挂在脖子上，晃悠晃悠的，那滋味别提有多美，走在街上别提有多神气。那时，家里人永远不可能花钱给小孩买什么项链，哪怕仅是玻璃质地的也不敢去奢求。但仅拥有这手工制作的香包，也能含着满足的微笑钻进夜梦里去乐了。

家中后院不宽，除了一间用毛毡搭起的简易茅厕，一条潮湿的阴沟，一张水泥筑成的长方形洗衣台，一棵我八岁那年亲手栽下的梧桐以及外公在树下栽种的几根小火葱，别无他物。也不知现在那株梧桐树长得怎样了，兴许枝繁叶茂了吧？

书上说梧桐象征着青年男女间纯洁的爱情，若真如此，我想那树正表达了一个稚童对它洁白的爱和情。

在院子的正前方，等到秋天，一大簇血青色的菊花从院墙上悬垂下来，分外撩人。但后来它们还是渐渐枯萎了，如今那花魂残骸早已化成土壤。我为此而自责自己忙于功课，家人们也忙于生计，无人顾及它们才造成这落英凋零。众人虽为之惋惜，可毕竟以后无暇种过这冷菊了。大家只是常叹往昔，在那寒气袭面的秋风里，显出茁茁生机，并为小院添香增色的唯有这丛茂密的傲菊。

从此，小院里只有春夏两季才能见到别的花种了。其间我们试栽过芍药、牡丹，可惜太娇贵，竟无一成活。但不管怎样，自那以后，每每傍晚放学回家做完作业，我便提个小桶为这些花仙子浇浇水，锄锄杂草乱棘。

隔壁丁家也栽了些花草，而我最喜欢的还是那棵长得枝叶茂密的无花果树。它真的从未开过花，倒也结了不少的无花果。大多青色，未熟，里面是白色的乳浆，极黏稠，无味儿。偶尔有幸碰上颗红透了的，欣喜地放进嘴里一嚼，那味道不亚于成熟的桃李。

十几年的寒窗给我留下了许多值得追溯的情结。

那年不知何故，母亲叫我转学到了 T 校。在我的记忆里，我们自小学四五年级开始到初中，学校从未间断过学生们的劳动锻炼。个头纵然弱小，也得踮起脚尖或让家里人帮着完成担粪水、挑炭灰或挖鱼塘的任务。最初大家还有点新鲜感，久了免不了暗暗叫苦，因为大多数同学家距校并不算近。即便厌倦，但大家都不敢直率地讲出来，怕有人给老师打小报告。

事实上想起来又有何可怨呢？从母亲她们那代人便开始义务参加为学校修建平房的各种劳动。环境，特别是优美的环境，只能靠我们自己的双手开辟。随着年龄的增长，我日渐领悟了这些道理。

在学校为数不多的几个老师中，H 先生是位微微有点驼背的老头儿，他已有几十年的教龄了！算得上是 T 校的"开国元勋"了吧，从我母亲念小学时他就教她们学加减乘除。没想到"文革"中竟被屈打成右派，枉吃了不少苦头。

H 先生很喜欢逗我，总用那双笑眯眯的眼角布满鱼尾纹的眼睛看着我，那慈祥的神情，正如我在仁慈的老外公脸上所看到的一样。他经常把我叫到跟前讲，要好好念书。而当他给我们上课时，神态却异常严厉，还用棍子打调皮蛋的手心，连男生都很怕他，就更不必说女生。实际上，家长们都希望他一直把我们班教下去，在他的执教下，不少同学的数学成绩在明显上升。遗憾的是，大概因他年逾花甲之故，在教我们几学期之后，H 先生便被学校安排分管校园的花草，成了名副其实的园丁老人，未曾见他再上过讲台。

外婆家的后山坡上是座村公所小学校，小姨在那里仅念完五年级就回家干活了。其实，家里虽然拮据，但老人们还是巴望着出个秀才。而小姨曾私下告诉我，她一点也不想念书，那里的民办教师也是三两天东换一个西换一个，甚至有时学生们都齐刷刷地坐在教室里等了大半天，仍不见老师的影子。小姨说这些人的工资很少，每月只有十五块，有的便干脆回家做农活或做点小买卖，反正极少愿意留下长做的，流动性很大。

兴许是因为小姨在这儿待过，我总觉着那村公所小学有一股亲切感，不管怎么说，它给我们所居之地平添了一些生气，那断断续续的铃声以及学生们稚气的读书声、课余的嬉逐声，曾一度让那个尚未步入校门的我倍感羡慕。后来，当我进了T校，我才开始暗自庆幸自己未被送到村小就读，那里收费虽然很便宜，但学生们所获甚微，至多达到扫盲班的文化程度。

我喜欢故乡秋天的小河。小时候，见那碧波翠玉般的美艳动人，总忍不住伸出小手去捧。不过，就为这我也得付出一定的代价，因为家里人是坚决不许我上河边玩的，否则屁股蹲儿上准会被木条子抽出红道道来，火辣辣疼死个人。外婆常说那河里有鬼魂，以前淹死过不少女人和孩子。其实，我不太相信这些话，却隐隐感觉那河好像真的很有灵性。有时，在冥冥之中，我仿佛看见有个绿衣少女微笑着向我梦里游来，不言不语，一会儿便又消失了。

树，还记得那条小河吗？

那时，你是个快乐的单身汉子，像水中的鱼自由自在，更像原野上的烈马无拘无束。

有一次，趁母亲不在家，你悄悄带我去河边游泳，我欣喜若狂，但又无法掩饰住脸上的怯意。你说，别怕，要是挨打挨骂有人顶着。霎时，我像一下攀住了棵真正的大树，无丝毫的顾忌了。

你让我站在齐胸口的水中，自己却随即潜到很深的地方探出头来冲我诡谲地一笑。这时，水浪掀起来，你突然不见了，我感到整个身子仿佛快被陷进漩涡里去了，一下慌了神儿：

"救命啊，救命啊！"

你从河心倏地转过身来，那黝黑的肌肤在余晖中闪着光。你微笑着，鱼似的游了过来，一把抱住了我，那手很大，很有力。一瞬间，我全部的恐惧都化为乌有。

我骄傲地把着你宽厚的双肩，在水里嬉笑着，扑溅起朵朵细碎的水花。

树，你可知道，那时的你在一个小女孩眼里有多么的年轻、伟岸？

树，还记得你给我买的那只蓝色发夹吗？后来它被我不小心弄断，你无法体会我当时心里有多难过。还有那枚小巧精致的玉色发结，被我视为珍爱之物，从未舍得别在头发上，谁知竟不慎弄丢。树，你知道我多想找回那蓝色和玉色发具，但只能游到梦中去寻觅了。

我一直记得，故乡有一条条长满青草的田埂，那时，我经常在其间独自漫步。

"走在乡间的小路上，暮归的老牛是我同伴……"这支台湾校园民谣多年来时常回荡在我耳旁。故乡顽皮、粗野的牧童，金色的阳光照着他们古铜色的肌肤，在阳光下，孩子们舞动着黝亮的双臂，迎着夕阳，赶着老牛，吹着悠扬的口哨徐徐归去。

故乡袅袅的炊烟，灰色的，像灰姑娘的衣衫那般柔软。

故乡，有的是斑斓的色彩、骄阳、白云、蓝天、绿野，还有那宽广无垠的褐土，栽种着庄稼，住着千家万户的勤劳百姓，他那饱经沧桑的额头，留下多少悲欢离合的故事。但他终未干涸，依然孕育着家乡父老的代代希望。

　　站在村公所的高坡上，独望余晖从山顶渐渐消失。远山、松林、大大小小的农舍，依稀可见，而我自己也正身处画中，被这浓浓色彩浸润着。

行
走
风
土

糌粑飘香在西藏的山谷中

来自河谷的香甜

在西藏拉萨、林芝、山南、日喀则等地区的山谷里，常常可见一股股细细的清泉，四周古老的水磨坊有小有大，一个连着一个，远望去，犹如一幅幅美丽的画卷。

2015年6月，笔者随行四人有幸来到山南地区隆子县的西古村，这里溪流清澈而湍急，从山顶到西古村的河边，落差至少有1500米。从隆子县翻山后沿着山谷往下走，水磨坊上下错落有致，或许一眼并不能马上认出这就是藏式水磨坊：低矮、狭小的石房，毫无任何人工修饰，甚至有的连窗户都没有，大门紧锁，坐落在溪边，显得那样的微不足道，很容易从车窗外一闪而过。

然而，细心人只要稍加观察，就能发现磨坊的特点：这里的农牧民从河道边挖出一条较高于河道的水渠，并在水渠上设置木制闸板，一旦将闸板抽出，溪水会沿着水渠流淌，然后迅速地冲入置磨坊下方，有力地推动木桨轮，带动磨坊里的磨盘转动。虽然无法看见木桨轮的全貌，但能听见水流推动和拍击沉重木浆轮的响声，以及木轴承相互摩擦之间发出的"吱嘎"声。

其实，关于西古村，可以从其山谷的地形得到一些诠释。西古村位于拉萨以西，海拔3100多米，由于这条狭长陡峭的山谷一直延伸到印度，只有这里，才有一块像"葫芦"的地形，可以种植数百亩的青稞。

山谷间这条河流也叫"西古河"，溪流贯穿其间，不仅能够灌溉这里优质的青稞，而且还推动水磨，让这里的青稞闻名整个山南地区。不断降低的地形，让这里洁白的藏式房屋上下错落，村头村尾，有玛尼堆和小转经房互相呼应，突兀高耸的地形，成为小寺庙的最佳位置。

山谷地形也同样表达了西古村的热情好客：走到山谷口，沿着西古河一直向下，即进入印度。逆着河流往上走，则通向隆子县城的牧区。在过去，牧民常常赶着牛群走过这里，用酥油、奶渣、羊毛等产品交换糌粑。牧民们还会让牲口群在青稞地里留宿一夜，牲口踩松土壤，留下的粪便也是极好的肥料。

像西古村这样的河谷也是西藏文明发源和壮大的根基，至今藏族人民互相问候时，依然会说："您的河谷在哪里？"也就是询问对方的家乡。河谷已经在藏语中成为家乡的代名词。

走进水磨坊

走进磨坊，首先感受到的是浓郁的青稞香味。

在磨坊中间，一个直径约1米的磨盘，石磨的上面放着一个盛炒青稞用的方斗。方斗呈倒金字塔形状，一根小木棍连接着方斗和石磨。随着水磨的旋转，小木棍不停地抖动，炒熟的青稞顺着方斗的小口均匀地流入磨眼里。通过石磨的运转，青稞顺着两块石磨的边缘"唰唰唰"地流到磨槽里。这些青稞面再放点酥油茶搅拌，就成了可以吃的糌粑。

磨坊的建造有其技术要求，例如流水的速度不能太慢，否则就无法产生足够的推力来推动石磨；其次，要调正两块磨盘石之间的间隙，间隙越小，磨损越大，磨出的糌粑越细腻越好吃，但是同时所需要研磨的时间也就更长。看一个磨坊年代是否久远，其中的一项指标就是这里曾磨坏了几块磨盘。

64岁的尼玛多吉是西古村的村民，他是这里糌粑制作技艺的唯一传承人。他从15岁就开始在水磨坊做事，并开始思考着如何将这一技术更好地传承下去。

水磨坊也代表着古老的经济关系，建造一个水磨坊，可以视为一项经济投资。有些精明的磨坊主甚至自己买了小型农用车，从山南乃东县青稞产区买来青稞，将其磨成糌粑之后，运到隆子县城出售。水磨轮日夜不停地旋转，为磨坊主带来了不小的财富。

不过小小的水磨已经不能承载起西古村的未来。如今，西古村已经成立了集青稞原材料收购、加工及糌粑销售为一体的专业合作组织，年收购青稞数万公斤。山谷中的水流还可以用于制作酥油茶等。

映秀"一滴香"

　　提及映秀小镇，我不由得想起多年前刚参加工作时，那曾是女同事小马家的所在地。有一回，她邀约我去家中玩耍，只因时间仓促，未能在映秀周边好好逛逛便匆匆离开。当时，透过开启的车窗，只粗略地看到这个小镇的简单轮廓：山清水秀，山花烂漫，参差不齐的建筑零零落落点缀其间，犹如一位衣着素雅、纤巧玲珑的邻家小妹。呼吸着她轻柔的气息，依稀感觉有缕缕的草香扑鼻而来。此后，我和小马天各一方，彼此杳无音信。也许是因为紧张的工作和纷扰的生活，也许是因为映秀镇在中国林林总总的各式古镇里显得貌不惊人，令我无心再去关注她的讯息。至于映秀的记忆竟开始渐渐变得有些淡泊，有些朦胧，也有些疏远了。直到"5·12"地震发生，映秀的名字以及她所经受的巨大灾难竟让全世界为之震惊，为之悲痛怜惜。但也因此，世界各国人民的关爱、祖国各地父老姐妹的关爱、东莞兄弟的关爱，潮涌而来，让这个几乎奄奄一息的小姑娘，劫后余生并获得了崭新的重生，出落得更加明眸皓齿、楚楚动人。

　　虽然距离那个痛彻心扉的罹难日已有很多个日日夜夜了，

如今的映秀在人们的心目中已焕然一新。但不知为何，每当一提起映秀，我心里那种隐隐作痛的感觉始终如一团阴霾挥之不去，那些与我抑或相识抑或陌生的遇难同胞，那些在震中舍己为人的英雄烈士……生命只有一次，偶然的逝去，必然的逝去，总是令人如此纠结伤感。终于有一天，老师提议无论如何也应去看看这个小镇今日的风采。于是便忍住心中的那丝隐痛，随同前往。

站在映秀镇街头，我们已经找不到一丝昨天那个小姑娘的影子了。阳光中，一幢幢川西风格和藏羌风格的新楼，傲然耸立眼前，令人耳目一新；有的羌碉里开设的服务项目中，游人可以按各自喜好，既能品尝到清茶的香味，也能品尝到咖啡的味道；街道干净整洁，衣着橘黄色工装的环卫工人，轮流在为这个美丽的小镇清扫着路面；到处绿草茵茵，路边还建有一些居民健身公共设施和儿童娱乐设施；值得一提的是，设计者独具匠心，注重细节，包括公共卫生间都融入了羌族建筑结构的设计元素，使之达到浑然一体的艺术效果；许多商铺，尽情地向来自四面八方的游人展示着各式羌族饰品。其中，鲜艳夺目的羌绣制品在所有的饰品中甚为锦上添花。在一家卖酒的小店里，我还看见一种叫"女儿红"的瓶装酒，瓶身小巧玲珑，逗人喜爱。据店主介绍，这种酒是当地酿制的一种咂酒，酒味纯正。我不懂品酒，但却感受到那"女儿红"三个字蕴含着一股浓浓的青稞味儿。

不经意间，我们发现周围时不时不断涌来一列又一列举着小旗的旅游队，有青年队（学生队），也有老年队。一张张不一样的脸孔却写着一样的主题：缅怀，悼念，追思，敬仰，希望……

在路边，中滩堡村和莞城居的简介赫然醒目：中滩堡村地处岷江与渔子溪河交汇处，是映秀镇集镇中心。全村共 4 个村民小组，桤木林、庙子坪、小河边和头道桥组成，是藏羌回汉各民族交融地带。国道 213 线、省道 317 线穿境而过，是通往卧龙、九寨、黄龙自然风景区的必经之路。全村自然水利资源丰富，素有水电之乡的美誉。"5·12"汶川大地震给全村造成了毁灭性破坏，直接经济损失 2.8 亿元。震后，映秀镇按照省、州提出的高起点规划、高质量建设、高标准管理的灾后重建要求，将中滩堡村民房建设项目纳入防震减灾示范区进入统规重建，规划用地面积为 37524 平方米，安置户数 348 户。建筑结构为三层框架结构，基础形式为独立基础和桩基础，项目抗震设防烈度 8 度。今后，中滩堡村将充分依托映秀镇的交通优势和旅游资源，大力发展第三产业，增加村民收入；东莞居占地 40547.31 平方米，建筑面积 20883.52 平方米，是东莞市对口援建映秀镇的重点项目。该项目设计单位为同济大学建筑设计院，设计标准为抗震设防烈度 8 度，结构的抗震等级为 2级，建筑风格为川西风格和羌寨风格。其中，川西风格住房 12栋，其上部结构采用框架结构，柱下独立基础。羌寨风格的住宅 39 栋，其上部结构采用砖混结构，墙下条形基础。

更可喜的是，旁边还立有一牌，上面写着"映秀八劝"，即：一劝村民要文明勿用污言和秽语；二劝村民做善事助人为乐享怡趣；三劝村民要和谐邻里和睦促团结；四劝村民要卫生共同建设新农村；五劝村民要勤劳科学致富出新招；六劝村民要严禁封建迷信不可取；七劝村民敬老幼妻贤子孝孝为高；八劝村民要诚信大爱映秀享盛名。

无意中，我们看见路边的亭子里有老人在闲聊。来不及吃早餐的老师赶紧让我上前了解一些当地的历史文化、风土民情以及民间故事。一位热心的妇女竟滔滔不绝地向我们谈起了牛圈沟、观音庙、红匬岩、春天坪、云华山（"5·12"地震中，原成都军区某陆航团邱光华等5名烈士的失事地）、渔子溪等地的神话故事。我们边听边记，竟不知到了午间时分。这时，老师直起腰，推了推鼻梁上的墨镜，笑着说他终于感觉到饥饿的滋味了。在我的一再催促下，两人一同前去一家新开张不久的小食店。

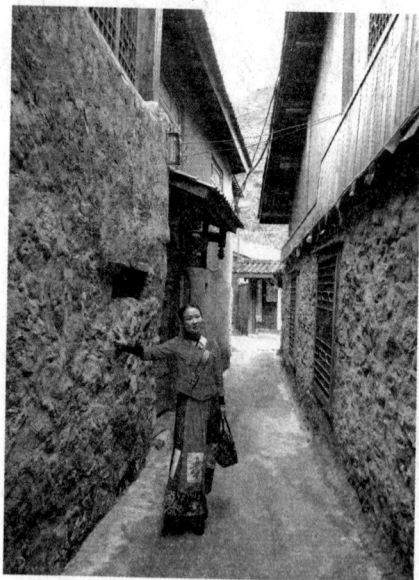

小食店像个贤惠而朴素的新媳妇伫立街边，气色清新：雪白的墙，整洁的地面，角落里静静的柜式空调，干净整洁的木制座椅张开了怀抱，好像随时亲和地迎接着客人的光临。笑盈盈的女店员从里屋为我们端来了热气腾腾的一碗刀削面和一碗肉饺。这一顿午餐吃得非常简单，却感觉分外的香。

接下来，我们希望能找到一些了解当地人文历史的老人，让我们挖掘到更多的东西。

太阳越来越像个火球烘烤着大地。幸亏还有山风、河风从身旁轻轻刮过。走着走着，我渐感体力不支，嗓子眼儿都快冒烟儿了，有些坚持不住。偶然间一抬头，街边题有"一滴香"牌匾的茶楼赫然跳入眼帘，我顿感一阵欣喜，便提议想进去喝杯茶，边喝再边托人寻找能知道本土文化的老人。老师听罢欣然同意。

茶楼共有四层。一进茶楼，发现里面装饰一新，干净整洁的木地板，墙壁用柔和的橘黄色闪光墙纸装贴。茶几、椅子均为田园风格的藤制品。我抬头看见墙上挂着一幅精心装裱的羌绣画，主题是迎客松，只见那棵苍翠挺拔的松树下，好几只美丽的梅花鹿在欢快地嬉逐。顿时，我似乎听见远方阵阵鸟语，伴着缕缕花香和青草的气息，扑面而来。

茶楼的女主人是位打扮时尚、丰满美丽的年轻女子，她的脸上化了淡妆，一双眸子里荡漾着阳光般明媚的色彩。女主人笑着说，这是她亲手绣的。我更加吃惊于这样一位心灵手巧的姑娘了。一席攀谈，才知道女主人原是草坡羌民，家里人都做过很多生意。

女子热情地引导我们至二楼入座，大屏幕的等离子彩电挂在墙壁上，一幅鲜艳的牡丹图十字绣依然出自女主人的那双巧手。她满面笑容地为我们各自端来一杯素茶和一杯菊花茶，淡淡的茶香开始在屋子里轻轻蔓延。得知我们要寻找老人，女主人便下楼热心地帮我们四处打听：有的老人已在地震中不幸身亡，有的老人因年事已高，听力失聪，无法进行语言交流。到后来，她终于托人帮我们联系上了当地一位德高望重的村主任董毅力。

坐在茶楼的藤椅里，我们三人一边品味着香茗，一边听董老断断续续地诉说映秀的历史。老人的头发全白了，但身体和气色看起来还不错。从谈话中得知，老人在地震中失去了五个亲人，他在精神上能咬牙坚持到今天，实属不易。我们不愿再去重复那些催人泪下的震中故事，但从老人口中流露出来对党、对祖国、对部队军人的深切感激之情，却让我们的内心深受触动。临走时，老人还给我们讲了一段关于黄连沟的传说故事。老人家谦逊地说，他的文化水平很低，让我们多体谅。老师静静地坐在藤椅里，我看见他摘开墨镜，用纸巾轻轻擦拭着双目，然后又将墨镜重新戴上，陷入深深的沉思之中。

茶楼外面起风了，是非常清凉的风。烈日好像有些不忍，不忍继续放肆地烘烤这个小姑娘般的街镇。我起身去了阳台，望着不远处静默的山峦，近处哗哗的流水，看杨柳在风中悠闲摇曳，柔美多姿。抬头看见一个刻着绿色"茶"字的灯笼在头顶上随风摇摆，此时真是无声胜有声。时间一晃，已到下午四点，不得不往回赶路。当我们离开"一滴香"茶楼时，女主人斜倚在门框边，带着真诚而亲切的微笑，向我们轻轻挥手。那一瞬间，仿佛如一张照片再次被永久地定格在那里。

拼车险记

之前从未遭遇如此恐怖的事。

下午四点过在山区的 W 县办完事，一个人正准备赶公交车去车站买票回 C 市。路口碰见一陌生女人，热心为我叫了辆微型面包车，她说车票价格都一样。我想马上可以走，节约时间，也方便，索性上了车。车上有一对小夫妻抱着一个婴儿，其他还有三四个人。一路上，我心里还有些担心，看面包车颜色陈旧，里面破破烂烂，幸亏倒也没什么状况。快到 C 地时，司机下车看了一下前后轮胎，又恢复前行。因是高速，很多车都开得极快。面包车开始进入下一个隧洞里，已经离 C 市不远了。我和一个女孩坐在最后排（后来才发现我俩的椅背还放着一个充满了天然气的气囊），突然感觉车子发出哐当哐当的异响声，车身像弹珠似的完全弹跳起来。我无法自禁叫了一声，糟了，车子不对劲！旁边的人立即警觉，司机把车停到洞里旁边，一检查后轮胎，天哪！竟然只有一颗螺丝连着轮胎，其余螺丝全断掉了，而且这颗螺丝也快断了。如果轮胎飞出去，一车人全完了！因为洞子里是高速路段，一辆辆车飞似的从旁边开过去。

风景中的女人

　　后来好不容易以为换了辆新车，大家可以走了。谁知还没结束，接着又发生一个小麻烦：新车开出隧洞不久，我提醒大家刚才在破车上的东西是否拿完。抱婴儿的小女人一惊，摸摸她自己的裤包，惊慌地对她老公说，我的手机掉了！我叫她老公赶紧打她手机看还通不通，谁知我提包里手机竟然响了，我一惊，奇怪，她的手机怎会掉进我包里呢？我赶紧拿出来一看，哦，原来是父亲打来的，问我多久回家。这下她老公判断她手机肯定还在洞子里那辆破车上。我们都叫他赶快回去找……一车人就这么等着，熬着，那人终于从洞子里破车上找回了他老婆的手机，直到此时，车上所有紧张的呼吸终于平缓下来。

浅游西岭

　　对于西岭雪山的雪景早有耳闻，多年却一直无闲暇前往观赏。早在唐代时期，大诗人杜甫著有千古《绝句》，诗曰："两个黄鹂鸣翠柳，一行白鹭上青天。窗含西岭千秋雪，门泊东吴万里船。"西岭雪山便因此诗句而得名。

　　诗中之"西岭"，意指岷山（位于四川和甘肃的交界处）。据有关资料介绍，西岭雪山，位于中国四川省成都市西郊，大邑县西岭镇境内（距成都九十五公里）总面积483平方公里。1989年8月，该景区被四川省政府批准列为省级风景名胜区，1994年1月经国务院批准为中国重点风景名胜区，现为世界自然遗产、大熊猫栖息地、AAAA级旅游景区。景区于1999年开发了占地为7平方公里，海拔2200至2400米的中国规模最大、设施最好的大型高山滑雪场、大型雪上游乐场和大型滑草场、高山草原运动游乐场。景区内最高峰庙基岭海拔5353米，是成都第一峰，矗立天际，终年积雪。西岭雪山属立体气温带，现已形成"春赏杜鹃夏避暑，秋观红叶冬滑雪"的四季旅游格局。景区内旅游资源丰富，优势独特。有云海、日出、森林佛光、日照金山、阴阳界等的高山气象景观，有熊猫林、杜甫亭、观云台、日月坪、红石尖等自然与人文景观。尤其到了寒冬雪季，这里的滑雪场开设了许多运动项目，如：如雪地滑车、雪爬犁、雪上飞伞、雪地越野车、溜索、雪上飞碟、雪地摩托、雪山滑草、草地滑车、现代悠波等。

去年 12 月 3 日下午，驴友兼好友阿翔顺便邀约坤哥、华妹及我，一行四人驱车前往西岭雪山一游。不可思议的是，当时阿翔开车送了坤哥刚去成都某医院做了右腿股骨头微创手术，坤哥手里还拄着拐杖，我和华妹都狐疑地望着阿翔，阿翔笑着说，你们不要杞人忧天，坤哥能行的。我们再瞧瞧坤哥，他真是一脸的开心。因为确实平时除了阿翔是个快乐的单身汉，我们仨都各自忙于工作家务，难得聚在一起出游。其实，去之前，我已隐约感觉可能此行去西岭未逢雪季之时，想一睹雪景芳容恐怕很悬，但我不便多言。一路上，健谈的阿翔熟练地开着他那辆小越野车，时而专注盯着前方，时而轻松与我们寒暄。坐在副驾的坤哥有点打瞌睡，而后排的华妹和我，则毫无倦意，偶尔还被阿翔的幽默笑话给逗乐。

临近西岭雪山天色已晚，我们四人下车，便在附近一家"凯雪酒店"食宿。站在酒店外，望四周山峦，一片暮色沉沉，从西岭那边刮过来的风里，明显地带着刺骨的雪意。我和华妹两个女人，平时就弱不禁风、总爱窝在家足不出户，这下可好，一下车就不由得一阵瑟瑟发抖，两人身不由己地紧紧相拥，感觉仿佛这犀利的风跟一把尖锐的匕首似的，几乎快扎进我们的头骨里去了。阿翔和坤哥两个倒是挺精神，一个若无其事把手插裤兜里，一个虽然戴的是近视眼镜，拄着拐杖依然迎风而立。

　　附近有零星几家小店，挂满了各式各样的帽子，有模仿动物的卡通熊猫帽，绒线帽，蒙古帽，还有雷锋帽等。阿翔让我们两姐妹各自挑选了一顶，华妹喜欢草原，一眼相中一顶蒙古风格的绒帽。我则有些犹豫，但最后还是采纳了阿翔的建议，选了一顶运动款式的黑白色绒帽，上面虽然有一个"LOVE"的红色标牌，我有点不太喜欢，觉得太扮嫩，应该是那些大学里的小女生戴才合适。可阿翔说别太介意，这顶搭配我的白色羽绒服比较合适。我和华妹把绒帽戴在头上，一下就把寒风给吓跑了似的，从头到脚暖和多了。

　　第二天，金灿灿的太阳一大早就露出笑脸，阳光很烈，也

很刺眼。除了坤哥，幸亏我们几个都戴上了墨镜。四人吃完早餐，便一块儿步行去了附近西岭雪山。乍一看，来此旅游的游客真不少，售票大厅里人声鼎沸。一路上，热心的阿翔成了我们的队长和导游，忙活着为大家购票，引我们坐进观光缆车，透过缆车的车窗，领略窗外西岭雪山远处原始古朴的重峦叠嶂。朝缆车下面看，犹如万丈深渊一般。我从小体质不是很好，一直就有些恐高，不由得紧闭双眼，紧握华妹的手，仿佛没人抓住就会粉身碎骨。坤哥他们几个都在笑话我，阿翔逗我说，真没出息，人家坤哥腿不方便都毫无惧色。也许是为了转移我们的注意力，阿翔娓娓道来，讲起了关于这里的几个传说故事：

（一）西岭雪山号称"成都第一峰"

据清朝光绪年间（1875 年）《大邑县志》记载，西岭雪山俗名为"大雪塘"，位于大邑县境西北中山后方，到了冬季，这里积雪银装素裹，周围数百里，三面皆为壁立千仞，唯一面鸟道可蜿蜒登绝顶，其中有个清水池（名为"九龙池"），一年四季不溢不涸。人登上山，若大声呼叫，冰雹便立即从天而降。其俯面斯山，留有铜矿山、小西天、大仙峰、二仙峰、南天门、城门洞、鸳鸯池、红蛛池等诸名胜，其中所示诸山，均为景区山脉，而此处乃大雪塘景区最高峰，海拔 5364 米，有成都第一峰之称，至今无人征服。

（二）西岭雪山之鸳鸯池

很久以前，传说西岭当地的百姓民不聊生，加上鸳鸯池时常发生火山爆发，乡亲们更是在水深火热中挣扎。这时，村里有一位勇敢的青年男子挺身而出，为救乡民，他以身堵火。谁知他纵身火山口后，那火山仍在不停地喷发。村里有位深爱这名男子的美丽姑娘眼见着这场景，心急如焚，她也身不由己地跟着恋人跳了下去，两个鲜活的年轻生命在火海里融为一体。也许是这对恋人的无私感动了上苍，这时奇迹出现了：火山安静下来，终于停止喷发，并溢出一股清泉，尤其是每到夏季，池中鸳鸯成群结伴嬉戏，构成了好不热闹的一幅鸳鸯戏水实景图。而那火山口就在鸳鸯池边上。只见"火山坑"有一米多深，直径在四米左右，一股泉水正流进坑中，坑中有一个碗口大小的洞口，泉水正源源不断地流进去，发出叮咚作响的美妙之音。

华妹舔着嘴唇，这小馋猫好像恨不得马上想喝那泉水似的。我戏谑地冲着阿翔说，翔哥，快！别只顾话水解渴啊，快点！快去把清泉给小美女送来，她快渴晕了。乖巧的华妹脸一下通红，露出羞涩的微笑，几个人不由得呵呵直乐。

坤哥握住拐杖，用手推了推鼻梁上的眼镜，在旁补充道，是这样，据资料说，有人曾拿一米多长的木棍往下试探，除了偶然碰到石头外并无阻碍。在离第一个坑20多米远处，又看到了第二个"火山坑"；另据成都理工大学地球科学学院教授殷继成讲，两亿年前，西岭雪山确属火山多发区，不排除两个洞口是古代火山口的可能性，但这些都未经科学考证，无法断定。因为截至目前，四川境内尚未发现现代火山，鸳鸯池有可能是冰川融化后形成的湖泊，但这些具体成因还需专家进一步考证。

几人正听得入神，缆车已到站。一路上随时上下稍微有坡度的地方，我们都尽量让拄着拐杖的坤哥走得更方便一些。游人们陆续到了西岭雪山上，很有秩序地随木质栈道往前行走，只见四围都是雾蒙蒙的山峦，墨色的森林，有些突兀的岩石，每隔一段路程都有人工树立的木牌，上面相应有景点地名及中英文介绍。但人们的注意力不在这些，而是不远处的云景：头顶上蔚蓝色的天空纯净得不敢让人相信自己的眼睛，尤其对于我们这些来自雾霾城市的游者而言，更是倍感惊喜万分，哦，这是真的吗？在我的印象里，除了西藏能有如此纯净的天空，内地竟然还能看到蓝得如此透明清澈的苍穹？不会是幻觉吧？而那些云烟则缥缥缈缈，带着浓浓的禅意，甚至让人心生几分"日照香炉生紫烟"的境界。眼见着，云，已无声无息，不知不觉，随性自然地漫入你的视野，浸入你的魂灵，一片片淡蓝色，柔软无比而飘逸，薄如仙女的纱裙。但谁也看不到它的起点和终点，也不知它们究竟来自天际还是山峦，就那么轻轻地涌来了，你甚至想闭上双眼去感受它无与伦比的静谧、曼妙和抚慰。而背景里的霞光，如上苍赐予的佛光，在远处衬托着这些云，无怨无悔，相得益彰。这一次，真的是身临其境体味到了何谓"云蒸霞蔚"。

你们看，那些云好漂亮，快，快拍啊！华妹一声惊呼，她着急地从背包里掏出手机，特别亢奋惊喜至极，生怕那些云没被及时抓住，一下就会飞了似的。

坤哥居然也被感染了，把拐杖放下，掏出了手机。而阿翔呢，我虽然对他了解不多，但能感觉到他是一个特别喜欢云的男人，除了上班，他尤其喜好旅游和摄影，经常在他的微信圈里晒他和驴友们出游很多野山，甚至进入险境里拍摄的云海相片。只见他首先不声不响地掏出手机不停地对着那些曼妙的云拍个不停，有时还进行视频摄像，他专注的神情仿佛让人感觉到他的整颗心都掉进那云层里去了，完全忘记了周围的人群。

我们沿途在曲曲折折的栈道上走走停停，在通往阴阳界的途中，出现一片特别宽敞的栈道，疲乏的行者开始陆陆续续在一阶一阶的木梯上坐下休息晒太阳，这里的阳光格外刺眼，没有墨镜或未撑遮阳伞，估计皮肤被晒得够呛。坤哥拄着拐杖坐下喘息，华妹也在揉腿，大家都在补充矿泉水，身上的羽绒服把汗水都给捂出来了，只能脱下来暂时抱在怀里。热心的阿翔总是为我们一一拍照，我和华妹也给阿翔、坤哥拍了一些留着纪念。歇息之余，只见旁边一个小女孩大约仅有十一二岁的模样，噘嘴直嚷嚷，爷爷，好烦，今天的雪具都白带了，雪也滑不成！她的爷爷在旁笑呵呵地安慰道，孩子，这有什么，一个人如果到一个地方只是图好玩儿，不了解它的历史文化，走马观花的玩儿也是白玩儿，充其量只能算是形游而不是神游。想不想听爷爷给你讲个关于西岭雪山的故事啊？小女孩粉扑扑的脸蛋一下绽出了开心的花朵儿来，撒娇道，想听。

老人问孙女，孩子，你知道“飞虎队”，第二次世界大战，抗日战争吗？小女孩犹疑着说，听老师提到过的。爷爷继续讲道，"飞虎队"是抗日战争时期由陈纳德将军创建和指挥的美国志愿航空队。1942年5月到1945年9月，"飞虎队"以三个中队、数十架飞机的有限兵力，担负着中国战场的国际交通大动脉滇缅公路北、南两端的枢纽——昆明和仰光的空中防务。其间，这支志愿航空队还帮助中国运送物资。飞虎将军陈纳德以第三中队协助英军防卫仰光，亲率一、二中队防卫昆明，战争期间击毁敌机数百架，令日本侵略军闻风丧胆。

1944年8月20日，美国空军五十八联队出动八十八架B-29型长程轰炸机，从成都机场起飞，直飞日本本土，成功地轰炸了日本八幡钢铁基地后，全部机群返航成都。其中一架绰号为"祈祷中的螳螂"、编号为42-6286的轰炸机，由于燃油耗尽，不幸坠毁于西岭雪山上，机组人员全部罹难。当地群众一直传说在西岭雪山的大雪塘山脊，散落着一架飞机的残骸，但无人敢去证实。直到2001年7月，闻知此事的"飞虎队"将士后代、美籍华人杨本华率领由他组建的民间登山组织华藏山社一行十三人，顶风冒雪，在西岭雪山无人区足足跋涉了十五天，终于寻找到了这架战机的部分残骸和该机组十一名烈士的部分遗物。2002年5月，华藏山社把这架飞机的发动机残骸捐赠给了中国革命博物馆。美国国家博物馆之一的新英格兰博物馆鉴定了部分残骸后，对这一行动授予了公证书。杨本华说，援华抗日期间，美军损失了上千架军用飞机，寻找到残骸的却寥寥可数，它们都是中美两国人民友谊的见证。2004年6月30日，杨本华再次率领华藏山社一行六名队员，在当地藏族同胞的帮助下，将纪念碑矗立于这架战机坠毁的地方。据介绍，纪念碑上刻有"飞虎雄风"四个大字，碑文用中英两种文字组成，这三十二个中文字是："世界鏖战，神州罹难。援华抗日，飞虎当先。痛挞倭寇，壮殉雪原。浩气长存，英灵永鉴。"

爷爷讲完了，我看见那小女孩双手托着下巴，雪具放在她的脚下，她陷入了沉思。在旁的我们几个也成了这位老爷爷忠实的听众。抬头见西岭的阳光依然那么绚烂，毫无退却躲藏之意。

大约休息了半个小时，等坤哥感觉腿部稍微舒适一些，伙伴们起身竟不知不觉走到了阴阳界。这里有一些积雪，树林将阳光遮挡在另一面，有一些阴冷，犹如一下进入冰火两重天的世界。此时，没想到竟然有一两只小松鼠让安静的游客们发出一片惊叹，有人往雪地里扔了一些零食，那小松鼠东跳西跳，像机灵鬼似的，一下就不见了。这时，不知阿翔怎么突然发现了一只小松鼠，沉稳的他有些失控地大喊了一声，小玉，快给它扔点花生米！我低头一瞧，有一只皮毛深褐色的小松鼠竟然差点就要跳到我脚边来了，小脑袋一晃一晃的，两只小眼睛贼亮。我赶紧从包里掏出几粒花生米扔进雪地里，结果，那小家伙一跃，叼了一颗花生米就不见了踪影。真叫人遗憾！只有阿翔手脚麻利，竟然把小家伙的视频给抓摄下来了。

看时间大约已是下午四点过，阿翔提议该返程了，因他与坤哥两个离家都比我和华妹要远得多。走时，我再次回眸那些奶白色的云，它们依然静静地停留在山峦间，是徘徊还是留恋人间，不置可否。几人随即坐缆车回到山脚下的映雪湖，湖面碧水如镜，附近白墙红尖顶的西式建筑，犹如童话世界，倒映在翠绿色的湖面上。功夫熊猫的塑像也立在湖畔的草坪里，我们互相都拍了一些留作纪念。阿翔提议大家在湖边小坐片刻，他还轻声给我们讲起了徐霞客的一个传说故事。

徐霞客勇攀西岭壮豪情

多年来，在川蜀大地千年文明大地上流传着一个鲜为人知的故事：素有"千古奇人"之称的明代著名地理学家、旅行家和文学家徐霞客，与一好友途经成都大邑境地西岭雪山时，被此美景深深地吸引住了。徐霞客虽游历天下名山大川，阅无数美景，却被眼前这座直入苍穹的雪山所折服，它山势不凡，其高度令人无比惊叹。于是他们不由自主准备去攀登。但当地居民因当时还从未有人敢冒险征服此山，便好意劝阻二人留下，勿要前往。但徐霞客与友人攀登之意已定，村民见劝阻不了血气方刚的徐霞客，只好用自酿的酒相赠，倒入徐霞客随身背着的葫芦里。于是，徐霞客与友人在没有任何登山辅助工具的情况下艰难地向上攀登，历经四个多时辰终达西岭雪山之巅。他俩在领略了征服大自然的豪情后，才感到身体已被寒冷冻得几乎失去了知觉。就在徐霞客即将倒在雪地的刹那间，他的手指触摸到了一股平时几乎觉察不到的暖意：哦！原来是这只装酒的葫芦！于是二人你一口我一口地喝了起来，相泯而笑。渐渐地，白酒散发的热量支撑着他们几乎虚脱的身躯爬下了山。山民们见二人攀登雪山平安归来，在欣喜惊叹之余，便大口大口

地往他们嘴里灌着酒液。次日，徐霞客问及缘故，村民答曰：
此酒乃谷物雪泉酿造，高度也！徐霞客听罢茅塞顿开，灵感一
来，即兴随口赋诗曰：平湖出险川，地上九重天。荡气回魂
物，此酒乃川王！

　　在回程的车上，也许是身体渐渐感觉疲倦，大家都不怎么
言语了。这一路，真够阿翔累的，一直是他开车，我们几个都
是驾驶盲。我对阿翔表示歉意，他却说没事，再开几百公里都
没问题。我想，他其实只是一直在坚持罢了，都是这世间的肉
体凡胎，谁不知疲倦呢？

　　透过车窗，我再次抬头回望那西岭山顶，说不出几分淡淡
的怅然，不明白那些美丽的云为何始终不肯散去。

水磨"新娘"

"谷口莺啼细竹，洞门犬吠桃花。驻世何须丹灶，仙风吹长灵芽。"这是明代诗人郭庄笔下关于千年古镇——水磨的描绘。而在我眼里，多少年来，水磨一直像画中一位羞涩待嫁的姑娘，静静地伫立在汶川南部岷江支流寿溪河畔，面朝东方，和世界文化遗产古迹都江堰互相凝望，如一对心有灵犀的情侣。水磨，有时你性情开朗，喜欢和亲朋邻里交往。南面幽幽的青城山是你的闺密，你们总在万籁俱寂中窃窃私语。西有卧龙熊猫保护基地做邻伴，震中映秀镇位于卧龙自然保护区和都江堰、青城山世界自然文化遗产的核心地带，他胜似你的兄长，你们相互搀携和帮助。但是，在没有正式揭开你的身世之前，我始终感觉你静谧的神情背后，有几分疏离，也有几分陌生和遥古，连你的一颦一笑，都隐隐闪烁着魔媚的神秘光环。

沿着历史的大地，我开始试着慢慢追溯水磨留下的足迹：曾几何时，你依山傍水，如传说中的世外桃源，让世人流连忘返，如一枝独秀，盛开在群山茂林之中，被周边一带居民誉为"汶川小江南"。充满传奇色彩之一的老人村，几乎是"百岁村翁犹健步"。该村始于汉代，至今仍残存着唐宋年代的道路、明代台阶和清代古树，它不仅是你的骄傲，还可以或多或少为人们解读大自然绿色生态与健康养生学。且不说这里山水养人，村民大多健康长寿，即使年过八旬的老叟仍是青丝满头。据传，一个名叫范贤的外地人，后来定居老人村，一直活到一百三十余岁才离世。清朝一个叫朱凌云的贡生曾就老人村题诗曰："树里云村拥翠鬟，独从世外驻童颜。养鸡翁荷鸠筇出，抱犊人披鹤发还。入画自应逾洛社，采芝何必羡高山。须知此处乾坤别，花木长荣古洞间。"足可见老人村实为人间仙境，令人神往。

另据《成都古今集记》："老人村有牡丹坪。"关于牡丹坪，胡元质的《牡丹谱》有云："牡丹坪在灌县西南八十里大面山，自青城长坪山扪萝而上，由鸟道三十里，乃金化庵。前有平阜数十亩，树高蔽天，花开桃红色，夹叶十四五瓣，状若芙蓉，香似牡丹。春生花先长，后发叶，谓之枯枝牡丹。谯天授、李太素隐居其中……"王文才的《青城山志》谓"牡丹坪一名芙蓉坪，其花实为杜鹃"。地点在哪里？有说在今郭家坝，有说在黄龙岗晒金坪，待考证。而牡丹亭与牡丹坪有关，但亭在何处？有说在巴壁洞上，有说在石梯沟左之大石包上，待查。

"凡古圣王之所为贵乐者，为其乐也。""乐之有情，譬之若肌肤形体之有情性也。"[1]站在水磨老街，旧时私塾、书

---

[1] 出自《吕氏春秋·侈乐》，意为古代的君王之所以重视音乐，是因为它能使人快乐。音乐是有它的真谛的，就像肌肤形体具有天性一样。

院、义馆里四书五经声声
远去，但我似乎记住了当
年那民间文娱的景象：围
鼓、灯影、六月唱大戏、
灯会、唱山歌、猜谜，人
声鼎沸，鼓声震天。尤为
有趣的是灯会，据《汶川
水磨志》记载："每年春
季前，码头上的'寿江老
龙会'和'金龙会'，即
扎好龙灯、狮灯、猪灯。
正月初二出灯，到各保恭
贺新禧，到殷实户唱春酒，接红封。元宵之夜烧灯，玩灯者、
玩宝者，袒胸露体，穿条短裤。头戴烂草帽，口衔湿毛巾，在
花炮下把元宝滚得凌空旋转，逗得龙灯随之飞舞；围观者嬉笑
追逐，摩肩接踵。别有风味的是猪灯：一人披上'猪皮'，一
手摆动猪头，一手摇曳猪尾，跟着提猪食桶的'王大娘'转，
'王大娘'拽，猪就跳。'王大娘'唤，猪就应，具有浓郁的
民俗风情。至夜阑人静，会首把龙眼摘下送人，就通通送到一
水湾火化。现不烧了，会完由专人保管，翌年装饰一新，再
用。"

　　还有趣的是唱山歌，"乡民们几乎一上山就唱山歌。其形
式七字一句、四句一首为主，十句、百句以上甚少。山歌的内
容有歌唱清官的，如：'唱歌要找丁对丁，打鼓要打鼓当心。

做官要做包文正，白管阳来夜管阴。白管人间冤枉事，夜查阴间枉死城。'有唱爱情的，如：'哥哥你是梁山伯，妹妹我是祝英台。生要同盖新铺盖，死要同进大棺材。'有歌唱劳动伟大的，如：'高高山上一坝田，筒车车水淹三年。天干三年吃饱饭，气得龙王打偏偏。'有诅咒战争的，如《四季点兵歌》：'春季点兵辞我婆，我婆实在没奈何……夏季点兵辞我妈，孤儿寡母泪如麻……秋季点兵辞我妻，妻在家中耐烦些……冬季点兵上战场，端起炮火就筛糠（打颤）……'一般的山歌唱法有独唱、帮唱、问答唱、斗唱（赛歌）。其中，问答唱是这样的，如，问者唱：'天上的桫椤什么人儿栽？地下的黄河什么人儿开？什么人儿炼石把天补？什么人儿奔月没有回来？'答者就唱：'天上的桫椤玉皇大帝栽，地上的黄河禹王爷爷开。女娲婆婆炼石把天补，嫦娥姑姑奔月没回来。'要求唱腔轻、清、甜、润，如情人对话。"

猜谜也别有情趣，其内容一般是打物的，有一句一物，也有几句一物的。如：大哥两头齐（冬瓜），二哥大肚皮（南瓜），三哥戴毡帽（金瓜），四哥滚身泥（北瓜）；老汉背背柴，爬到壁头走不来（筷笼）；一个老汉背背针，不怕棒客不怕兵，只怕娃儿掏他心（刺梨）；四四方方一座城，木人木马木将军，红兵不动黑兵动，木头人吃木头人（象棋）。

我徜徉在水磨那袅绕的乐音里，由远及近。环顾四周，我看见海拔近四千米高的盘龙山，环抱着你，那盘龙寺里究竟纠结着多少尘封的往事？还有那黄龙岗上的黄龙寺（建于明朝万历年间，公元1573年），建于清朝乾隆年间（公元1736—

1795 年）的紫云宫，建于清朝光绪年间的山王庙……被历史的风沙和尘烟漫卷，而今残存的真迹尚存多少？关于你的自然景观，《汶川水磨志》中描绘道：如古井（万寿井），井水从井底冒出，冬暖夏凉，清澈见底，四季不枯，可供百余口人家饮用。据说，此水如神水一般，饮用此水者，多为长寿；黄龙寺后山门右下侧的菊花井，井旁产一种菜，茎、叶呈血红色，汁液也如血色，名为"黄龙灵芽"，也属青城山特产之一，食之长寿，《灌县志》《青城山志》均有记载。据说井中有树娃，大如算珠，深青色，脚长，常爬树。长久栖息，黄昏则叫，声音却小。黄龙寺前山门左侧有一"天棚石"，隆出地面，苔藓斑斑，宛如龙背。棚下有一空洞，高 2～3 米，可容十余人，进出口之间相距十余米，人可从入口循级而下，至出口拾级出，反之也可，妙趣横生。据《灌县志》记载：大岩洞在农神岗麓。洞前一湾清流，大石累累，洞后危石欲坠，小树扶疏，适合探穴寻幽……

然而，如此美丽的水磨，"5·12"地震发生前，却一度被触目惊心的工业污染变得满面尘埃。那些日子，阴霾般的废气覆盖着你，黑、白、红三色浓烟熏烤着你，呛鼻的颗粒窒息着你的呼吸。水磨啊，你婀娜的身姿开始渐渐枯槁，形同一位在病痛中苦苦呻吟的老妪，拄着拐杖，在风雨里步履蹒跚：农田减少，农作物产量偏低，生态被严重破坏。"5·12"地震发生后，你被无情的自然灾害摧残得满目疮痍，泪痕满面：倒塌的房屋，临时搭建的板房、帐篷……道路泥泞难行……

水磨，你盼啊盼，终于露出了胜似蒙娜丽莎般的微笑，这是一个特别令人感动的微笑：佛山人的援建队来了，他们不远千里迢迢，顶着烈日，冒着风雨，带着无疆大爱，带着全国人民的嘱托，迅速勾勒出了你新娘般的容貌：工业外迁，腾笼换鸟，涅槃重生，水磨幼儿园、汶川八一小学、水磨中学拔地而起……于是我们今天才荣幸地看到一幅古羌名镇的长画，连天公也会为之嗟叹的羌文化建筑群，确切地说是明清时期汉、藏、羌风格相融合的典型建筑群："水磨羌城"由和谐广场、170 幢居民楼、农贸市场、飞鸿广场等组成，震后的古镇地标春风阁、长达 1300 米的禅寿老街、明代古戏台、禅寿书院、古牌坊、清朝老宅大夫第、万年台、字库塔、藏式白塔、水磨亭……"白脊青瓦，家家不同阁，户户不同窗"，漫步青山绿林间，满眼两千余户的农房，"羌家乐""藏家乐""茶家乐"如彩蝶翩跹花丛……一湖四区、六桥飞架如神话般变为现实。"人法地，地法天，天法道，道法自然"，这幅画充分体现了"天人合一"，是人文与历史的巧妙交融，是人类智慧的力量将大自然科学规划，实现绿色生态。在整个援建过程中，"佛山情，水磨画"早已被人们传为佳话。而水磨，你不知不觉就成了那画中的女主人公：清澈的寿溪河将你分为了南北两岸，一岸绵延着一段传说。旧式的四类桥梁——桥庐子、石拱桥、踏水桥、索桥早已因多种缘由，或破损，或消失。为了方便南北两岸水磨人的往来，佛山人在这里新建了四座桥，并修复了原来横跨两岸的唯一的一座桥。为了感谢佛山人的情谊，当地人将这五座桥命名为：顺德桥、南海桥、（廊桥）禅城桥、高明桥、三水桥。如今，重建后的水磨老街实现了"家家有房住，户户有商铺，人人有就业""当地人的幸福生活提前二十年"。

水磨，你终于走出大地震的阴霾。在祖国温暖的怀抱中，沐浴着佛山人爱的圣水，将浑身上下的历史尘埃洗涤，焕然一新，成了一座名副其实的，集文化、安居、商贸为一体的生态名镇，成为了中国最美丽的羌文化古镇。你的面孔虽然变了，但是你的根依然深深地扎在羌文化的土壤里。

所以，从现在起，世界每个角落里的我，开始更加用心去关注你，领悟你，体恤你，甚至深深地迷恋上你了。我不知道该用怎样的语言描绘我的情愫，我只想斗胆贴近你的耳边，悄悄地告诉你：水磨，而今你出落得不仅像位汶川的新娘，更像位中国的"美丽新娘"。

水磨，请相信我的诚意，这不是一句空洞的誓言，我只想用一点一滴的言行，证明自己不再是你生命中的一名匆匆过客；我愿用尽自己一生的目光为你驻足留守，哪怕你也许在心底淡然一笑，嗤视我语言的浅薄、凡俗、苍白，痴笑我性格的愚顽、可悲、可叹，哪怕被众人冠之以"痴人说梦"，但我还是要对着天空毫无顾忌地呼喊："我——爱——你——，水——磨——，水——磨——新——娘——！"

夜读柳江

　　说不清道不明，于某个秋天，为何一人背起行囊，来了一场说走就走的旅行。首站为洪雅县的柳江古镇，据说小镇始建于南宋，距今已有800多年历史，为四川四大古镇之一，素有"烟雨柳江，雅女之乡"的美誉。也许是因为从小在故乡的小镇上长大，对古镇的情结，始于情，忠于心。

　　在旅程中渐渐起航，让心插上翅膀，开始徐徐飞翔。面对前方那所有陌生的脸孔、陌生的地方，因未知而产生些许迷惘。以前从未曾单独出门远行，总喜欢有个伴儿陪在身旁，一路上可以彼此说说笑话，叙叙家常，活跃活跃单调的心房。而这次却贸然一人独行，也许是因为内心拥有了更多的勇气和阳光，少了一些忐忑与惶惶。在生命的过程中，孤独降于世，即使阅人无数，阅世间繁华与落寞，亦终如一缕青烟归去，任何人都无法抗拒。

　　由于一路转车疲惫不堪，在柳江桥头的华兴客栈休息至夜晚8点天黑时起床。去路边小食店喝了一碗新鲜的羊肉汤，索性沿桥独行。路上几乎很少见到行人，即使有，也是此时回行归去，而我却偏偏逆行，执意与夜晚的柳江约会，明知往前

走，路人将越来越少，黑夜将变得越来越深，甚至可能会化作幽灵包裹住这形单影只的身体。难以名状的是，一颗女人心俨然忘却了对夜的恐惧，许是完全已被这秋夜的柳江给迷恋住了，不去那里静静品读一番，心会不甘，情会不愿。

江面上倒映着五彩的灯光，树木枝条花草在晚风中轻轻摇曳，隐隐约约。遗憾的是此时不见摄影师的有幸光临，那些魔魅的光影一定会成为他们镜头里最迷人的精灵。

沿江边独行，四围已空无他人。岸上一幢幢木质阁楼客栈，在霓虹彩灯的映衬下，水晶般通透耀眼，供人休憩的栈台极为宽敞。秋风清凉拂面，一阵阵清新的空气卷着青草木香味

儿直抵疲乏的身心，让你的肢体缓缓舒展，每一个毛孔开始
张开，每一根堵塞的经络被疏通。平生从未独享过如此静谧而
曼妙的江夜，不禁陷入几分沉醉。而不多时，手机铃声响起，
打破了心中的宁静，低眸一看，是远方女儿从高校里打来的，
问在哪里，惊诧母亲为何敢如此这般独行？母亲柔语一一做了
回应和解释，让爱女了然于心。小女在那边自是诉说一番远离
父母的成长经历，有苦有乐，母亲以告诫以鼓励，两人一叙一
说，彼此情绪温润。

　　挂断电话后，行至柳江栈道木廊尽头，一人徐徐往回走，
偶见一庭院，院门半开半掩，犹抱琵琶半遮面，探奇壮胆推门
进去。院内空无一人，小桥流水潺潺，雅亭静驻，竟有好些水
雾从石桥下缓缓升腾弥漫开来，跑到我的身边，我的脚下，
仿佛我已飘然置身于水云间，顿时忘记这尘世间所有的酸甜
苦辣，宠辱欢悲，心境豁然开朗，云淡风轻。这一夜，于我的
一生中是何等的奢华，何等的静谧祥和，随性自然，从未料想
一个人竟能拥有如此良辰，在诗画般的意境里饱眼秋夜柳江的
冷艳与华美，朦胧与淡雅。此前总以为孤独是凄怆和落寞的，
畏于独享。此时，憩足小亭，多想点燃一根香烟，借以缕缕烟
雾，亲拥着这美丽的寂夜独舞，却为安全起见，到底还是忍住
了一时不雅之性。静倚凭栏，凝望江面，未见烟雨，却在灯火
阑珊处蓦然想起《枫桥夜泊》：

　　　月落乌啼霜满天，
　　　江枫渔火对愁眠。

姑苏城外寒山寺，
夜半钟声到客船。

不知何时天空中开始有雨星飘落，雨意渐急，因一时兴致奔离客栈，竟忘记带伞。只好加快脚步，依依回眸，惜别这秋夜柳江。

窗口人世

风景中的女人

其实细想，风景，涵盖着女人一生中的春夏秋冬：风景里有过阳春白雪，鸟语花香，也有过暴风骤雨，"凄凄惨惨戚戚"。周而复始，如人之悲欢离合，月之阴晴圆缺，明丽与晦暗相交替。风景里那一草一木，那"一岁一枯荣"，和着女人那一颦一笑，那举手投足，无不为世人诠释着沧桑岁月轮回的痕迹。

那年我刚满二十岁，从学校分配到一个地处偏僻山区的煤矿从事工会工作。由于单位效益不好，各方面的生活条件很差，也无任何娱乐设施，除了每天按时上下班以外，大家的业余生活成天处于一种单调、乏味、麻木的孤寂氛围，不夸张地讲，甚至连散步都没有什么好去处。下班后，我经常独自待在办公室里看书或者写点字句，以打发难耐的光阴。有时目光不经意地透过窗外，久久地凝视着那片茂密的梧桐树，树旁静立着两间小木屋。一次，看着看着，几分灵感漾上心头，蓦然写下诗歌《梧桐树的赠礼》，至今还清楚地记得开头的几句"你有你的惆怅／我有我的失意／我们相逢在初秋的梦里"。不知为什么，只要一看到梧桐树就会想起那早逝的初恋，想起那水晶般的纯情时代，一如眼前这些梧桐叶终会在秋风里纷纷飘落，几许怅然与凄怆瞬将身心浸染。

有阳光的午后，偶尔会看见一位身着绣花镶边青色长衫、头裹白帕的羌族女人忙前忙后地从木屋里进进出出，时而坐在梧桐树下的石墩上绣花。女人的脸上有些浅皱，肤色微黄，但从五官上还能让人依稀感觉出她当年的几分俊俏。女人有时站在树下梳头，我惊叹于她白帕下竟然裹着一头瀑布般的长发，不算黑亮，却也似乎和她的面容有些反差。上前搭讪几回方才知道，她就是单位同事提及过的肖婶。其夫老赵是汉族人，原属这家煤矿的一名井下工人，不仅吹拉弹唱样样会，在单位还经常被评为先进工作者，各方面的口碑都很不错。谁曾料想，1982 年，煤矿一井下发生一起瓦斯爆炸事件，当场不幸遇难的有好几个工人，这其中就包括了老赵。那年，刚满二十五岁的肖婶，身边还拖着两个半大不小的女儿。我简直难以想象这个羌族女人当时是怎样一个人含辛茹苦地拉扯着俩孩子在煤矿里生活，除了每月领取一点抚恤金，她在单位还找点零活做做，要么靠空闲时刺绣卖些钱贴补家用。最艰难的时候，肖婶甚至背着背篓去捡过垃圾卖。我问她，日子这么苦，为什么不想法改变一下生存环境？要么重新安个家，要么回去和父母住一起好歹也有个照应啊。肖婶却淡笑说，日子就这么过呗，为了娃娃，我苦点也没啥。自老赵去世后，来说媒的也有，可我都没答应，怕成个新家娃娃以后受委屈。我这人呢，就这命，一个人过惯了。单位里头上上下下对我们一家人还好。再说娃儿在这里住多少也能长些见识，等她们以后都大了，嫁人了，那时我再搬回我们寨子里去。

我吃惊于她说话时的神态既不忧郁，也无丝毫泪光，很平静，很淡泊的样子。也许，时光似水，已渐渐冲蚀了她心里囤积的太多苦涩。

肖婶告诉我，大女儿春春学习成绩还好，已被送到亲戚执教的某所中学读书去了，可小女儿菲菲数学较差，问我能否帮她补习一下，我欣然同意。打那后，我和同事小李经常利用业余时间帮菲菲讲解习题，但由于她的基础很差，补习效果并不明显。我们挺内疚，肖婶有些泄气，说太麻烦我们，害大家白辛苦，不用再耽搁我们的休息时间。但我和小李始终坚持着去，时不时还执意给菲菲添置些衣物和学习用品。渐渐地，菲菲的学习总算有了一些起色。有时肖婶从厨房里弄来一大盘腊肉香肠、猪血馍等，她说这些都是她们老家山上寨子里做的。肖婶开朗地笑着，边斟酒边说羌族人就是喜欢热闹，平时经常给我们添麻烦，她们一家人从心眼里非常感激。我忙起身解释自己从不喝酒。肖婶却笑语，要学学我们寨子女人的样子喝点对身体有好处，只喝一丁点就行了。耐不住劝，我只得硬着头皮喝了小口，嗓子眼儿立即火辣辣的难受极了，肖婶赶紧给我夹菜。然后她自己立马端起斟满的一杯酒就和小李干杯，仰头一饮而尽，无丝毫难受的样子，饮罢，面色红润，笑语盈盈。我和小李竖起拇指直夸她好酒量，肖婶连眼泪都几乎快笑了出来，她说她都有好多年没有这样开心地喝过酒了。那时他们一家子经常在这树下，老赵一有空就爱吹口琴，或者拉拉二胡什么的，天天晚上喝两杯小酒，她在旁哼着羌歌，孩子们呵呵直乐。碰到老赵有假期的时候，我们一家人就回趟寨子，帮父母亲采樱桃，摘苹果，剪花椒，剥核桃，掰玉米棒子，炕老腊肉，做血馍馍。寨子过节气闹热得很哟，老赵总喜欢拉着我的手，去和老乡们一起跳"锅庄"。别看他是个汉人，跳起"锅庄"比我还地道呢。那时啊虽然整天都在忙活，可日子好开心啦……肖婶说不下去了，我们也实在不忍对视她渐渐潮红的眼睛。在我的记忆里，这是肖婶唯一一次追忆往事的情节。以后，她再没对我们重复过，我们也竭力回避这样伤感的话题。

遇有月光的晚上，几人索性把酒菜搬到梧桐树下的石桌上，一边赏月一边聊，那氛围好不温馨。一阵微风吹来，梧桐树叶似在向我们频频微笑、窃窃夜语。肖婶说，和年轻人在一起，她自己都感觉变年轻了许多。

两年后，煤矿转产筹建成一家钢铁厂，里面的好多粗活重活，以肖婶的体力是吃不消的，单位领导便安排她到食堂做饭。半年后，我和同事也因各自的工作需要陆续调离了这里。

还记得，我动身的那天，肖婶特意送给我一个她亲手做的羌绣青蓝布包，那朵朵盛开在布包上的羊角花，色彩鲜艳，凝着她无数的一针一线。车，缓缓地开走了，我只看见路边的梧桐叶在阳光里摇曳，肖婶脸上的浅皱和那抹微笑越来越模糊。从此，一道风景深深嵌进我的心田，以至于那种感觉咀嚼起来的味儿在好多年里，都是涩涩的，甜甜的。

她的剪影

我看见她又回来了，拖着满身的疲惫，带着满心的伤，面容憔悴，像从病床上刚起来的样子，头发有些蓬乱。我以为她不会再在这座城市留下什么痕迹了，会彻底消失，但她毕竟还是回来了。

她在南桥临江的茶铺里见到了 L，L 把她以前留在办公室的一些书带给了她。雨后的空气格外清新，阳光淡淡地洒在身上。她抿了一口淡茶，目光投射出去时，好像感觉她和 L 有好多年都没有见过面了，竟然有些陌生和遥远。L 的第一句话就是，你瘦了，怎么搞的？她没有说话，扭头扫了一眼湍急的江面，然后抬头直视着 L 那张有些发黄的脸，她发现 L 好像突然苍老了一头，原本高大的躯体缩在那张藤椅里显得那样萎靡。是的，在她的印象里，L 以前有着像运动员一样健壮的体魄，一张红润的脸庞，周末偶尔还喜欢染发，而现在却似乎无心去料理那些稀疏油腻的发丝了，两鬓明显白了许多。在他面前，她对他始终是比较直率的。可她却感觉到他内心的掩饰和隐瞒，从这一点上讲，她有些讨厌他，觉得他和其他人一样有着虚伪的一面，尽管她一直把他当作最好的朋友。但她无法强求

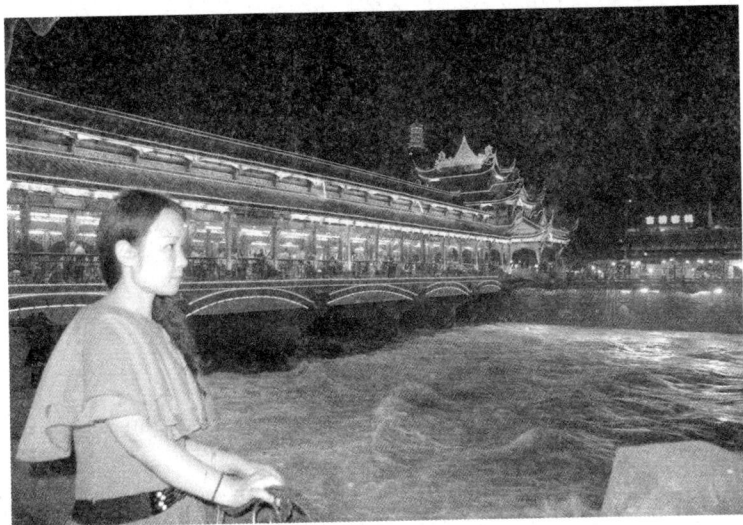

他的改变。她始终想不明白，许多人都知道他明明不快乐，可他总是喜欢在人前装得一副非常快乐的面孔。

装吧，使劲儿装，从头装到脚，把人生彻底装完吧！她真想冲着江水狂吼几声。

晚上，她告诉我，五一那天她竟然意外收到了 Y 的祝福短信，她当时感到特别的吃惊。原以为彼此永远不会再联系了，或淡然处之，或形同陌路。她是那样的讨厌人和人之间构架的那张无形的网，变幻莫测，诡异无比，她说她知道她迟早会被那张可恶的网给吞噬的。到那时，她肯定会垂死挣扎，可是她不会再去寻找什么虚伪的救命稻草。

她站在窗边喃喃自语。

我无法为她疗伤，但能体会到她锥心的疼。

灰　鸽

　　还在 C 市念书的那会儿，我就知道您一直住在我家隔壁，经常早起打太极拳。而后，我便听见屋顶上灰鸽们咕噜咕噜争食的声音。

　　您养了一笼的灰鸽，大小各异，共九只。

　　其实，我是不怎么喜好动物的，最多看看，倘若要我用手去抚摩一下它们毛茸茸的身子，我定会浑身起鸡皮疙瘩。尽管它们的确给这死寂的院落带来了生机，但我仍是不太理解您对它们会如此偏爱，还时不时与它们说上几句，好似它们真能会话。

　　这年正值高二暑假，我心想趁此机会约好友去游泳池，也可放松一下绷得过紧的神经和身体，像这么天天念书、放学、回家、作业的机械循环线路，真是腻透了，胸口总有种憋闷得近乎窒息的感觉。可奶奶早就有言在先，未经许可，不得外出。没了通行证，我只好无奈地待在家里，眼睛看着书本，心却不知去向。我不明白我亲爱的奶奶像这样天天用笼子把我关到何时。我甚而懊恼地感到自己与那些灰鸽已没了什么分别。

　　一个寂寥的日子，一个沮丧的日子，懒蝉在后院夹竹桃树上叫着，叫得人心烦。我在院中树荫下的石桌上做作业，做着做着便不由得站起身，扔下笔四处寻望。不料，在那道坍塌已久的砖墙侧，我一眼瞅见您正坐在一把破旧的藤椅里，微胖的脸上架着副老花镜，手里捧着本厚厚的已发黄的"大部头"，嘴里咿咿呜呜地念诵着，那实则是在吟唱，声音听起来有点滑稽。实际上，您天天如此，而平时，忙于赶去上学的我根本未曾留意到您的存在。

我忍不住走近您："许爷爷，您在读书吧？"

依然犯了"明知故问"的大众口语通病。但一时我竟不知如何开口。

您抬头，进入我眼帘的不仅是满脸的深皱，也有满脸的惊喜。镜片后面两道细长的眼神里充满慈祥。接着您便问那典子里印刷的繁体字如何读。我接过来一瞧封面，心里冷不防一颤：《圣经》？您怎读起这类书来，您为什么不同那些退休的老人们一起去茶园子聊天、下棋、玩牌，唯独静静一个人待在这旮旯里养您的灰鸽，吟您的《圣经》。难道您相信这全是耶稣的安排？

心里憋闷着，却一直不敢问您，但隐约知道了您的孤寂，您的苦闷——那个曾被您视为心肝宝贝的养子，八年前留洋国外定居，从此杳无音信，而您曾为了他与妻子离异，到头来却是竹篮子打水。

自那以后，您还是常来问我那《圣经》里的繁体字，我也是照常耐心回答。

灰鸽们在笼子里咕噜咕噜地叫着，我想它们实在想飞，而您说您曾放出去好几只，再未回笼。所以您怕了，还是把它们养驯了心里头才踏实。

那些日子，我遥望天空，时不时听见悠悠的鸽哨声，却暗叹笼里这群不能放飞的灰鸽。

谁知一件不幸的事发生了，您如此珍爱的一只小灰鸽突然死去，请来的行家说最好将其余的鸽子放了，否则染上此病，将必死无疑。那天，见您伤心的样子，我也差点落泪了。虽然从前的我并不喜欢小动物，但我还是替您把它给埋在了院里的夹竹桃下，尽管它没有享受人间的葬礼，可您和我毕竟是为它真正伤悲的人。

也许，"时间会冲淡一切"这句话有一定的可信度。半年后的某天，您看上去好像年轻了许多。您说您要搬家了，与原来的老伴破镜重圆；您说您已申请加入附近的老年协会，那是个热闹的世界，以后的日子定会变个样儿。

衷心祝福您，希望您过得好。

临别前，您将鸽笼交给我，要我照看好这些灰鸽。我说，我想把它们放出去，让它们自由地飞翔，等它们累了，一定会回来的。

您出乎意料地笑了，点点头，好像您早知会是如此结局。

这天早晨，院里所有的人都听见天空中划过一串串鸽哨声，也许只有您和我听懂了它们的快乐之音。至此，那昔日中吟咏《圣经》的音律，曾经有些跑了调的音律，永远消失在记忆深处。

一杯水

友人一长辈邱姨突然孤苦离世，据说是心肌梗死，死前一个玻璃水杯摔碎在床边，就连她的衣裤、床单、被褥也被浸湿。估计她是因为一时口渴，竭力挣扎着起床去倒一杯水喝，再挣扎着回到床前，也许还没喝着或许只喝了一小口，就再也没有睁开双眼，小狗"彩彩"一直在邱姨的床边嗷嗷哀叫。

邱姨生前曾是一家医院的护士长，后来退休在家。她在工作上一贯兢兢业业，对待病员用"春天般的温暖"来形容也不为过。工作三十多年，从未与病人红过脸，吵过架，甚至有时受到一些病员的无理刁难也是"打不还手，骂不还口"。到最后，反而是某些无理者自惭形秽，主动向她赔礼道歉。她的宽容和忍让着实令许多小护士感动。医院多次收到病员的表扬信，几乎都是赞扬邱姨白衣天使的崇高职业道德和医护关怀。那时的邱姨，在医院妇产科算得上是一枝独秀，生了一个儿子涛涛，身材依然像少女般的苗条，肌肤白里透红，两条乌黑的长辫子总是盘在头顶上被护士帽遮挡着，帽下闪动着一双会说话的大眼睛。

涛涛满三岁那年，医院来了一个临产的小女人，那天刚好是邱姨值班。小女人顺产生下一儿子后，身子出了很多汗。

"阿姨，我渴。"小女人躺在产床上，声音微弱。

邱姨赶紧将这第一杯温开水给她送到唇边。小女人眼里噙满了泪水，哽咽着想对邱姨说什么，邱姨见她虚弱，示意她好好休息，等身子恢复些再说。谁知两天后小女人突然悄无声息私自离开了医院，还欠下了一笔医疗费。那时的很多医院，条件有限，几乎都没有安装监控。小女人只留下一封信，说自己初中毕业来到这座举目无亲的城市里到处打工，交友不慎，未婚先孕怀上这孩子，孩子的父亲却消失得无影无踪。她无力抚养这孩子，看邱姨面善，希望托邱姨收养，并书面保证此生永不相认。如邱姨实在为难，请把孩子交给派出所或福利院也可，孩子的名字也烦请邱姨给起一个。这在当时的医院里，像是一条炸开锅的特大新闻。邱姨为此自责了很久，她主动请求院方处理自己的失职，并自己掏钱把小女人欠下的医疗费给结了。

邱姨每天只要一盯着怀里那张可怜的小脸蛋，心里直发疼。于是她咬牙下定决心，不管家里家外如何反对，按照相关程序去办理了收养手续。起初，老公很有抵触情绪，但随着与小生命的一天天相处，一来二去，也就慢慢接纳了这个孩子。涛涛很喜欢和这个认领的小弟弟做伴，从不欺负小弟弟。家里两个大人工作，负担两个儿子，日子说不上特别拮据，却也平淡开心。

院里一些小护士离家远，吃不到父母做的可口饭菜，邱姨经常从自己家做好吃的端给小护士们品尝，时间长了，大家都管她叫"邱妈妈"。

然而，天有不测风云，1987年，邱姨的丈夫突患脑出血死亡，撇下两个儿子由她独自抚养，肩上的重担可想而知。但邱姨依然含辛茹苦地供养孩子们读书，上大学。邱姨一头浓密的黑发里银丝渐渐越来越多，白皙清秀的面庞也增添了不少新皱纹。但她每天上班，对待病人依然保持着惯有的微笑，尽管那微笑里透着淡淡的疲惫。

涛涛大学毕业顺利工作，自由恋爱结婚生女，在一家行政单位表现好，头脑灵活，颇受领导器重，准备提升要职。谁知他某晚在外应酬，喝酒太多，开车出了车祸伤及头部，经抢救无效死亡。邱姨闻此噩耗，几乎晕厥过去。涛涛死后，邱姨的大儿媳不是沉浸在逝去丈夫的悲伤中，而是忙着和邱姨争夺办理丈夫丧事回收的礼金，邱姨全都给了她。事后，大儿媳居然指责邱姨这些年对自己的亲生儿子不如对收养的小儿子，说一碗水没端平。大儿媳带着孩子收拾好行李夺门而出，无论邱姨如何阻止，她宁愿嫁到外地，也不愿和邱姨一起生活。

却说这小儿子，正因为邱姨考虑到是收养之子，确实比对自己的亲生儿子更加疼爱。好不容易把小儿子拉扯到大，大专毕业，学的是服装设计，却找不到对口专业的工作，邱姨到处找关系才把他安排到一监狱里负责食堂后勤工作。谁知小儿子不争气，说是女友蛮孤单的，他要替自己的女友找一只小狗来喂养。于是他居然鬼使神差，乘机把犯人放到监狱外去帮寻小狗。结果此事被通报到上级，上级发话，此举属严重违纪行为，必须予以开除。小儿子失去了一份稳定的工作，女友也分手了。邱姨叫小儿子自己到处应聘，可总是高不成低不就。后来，她又四处托人好不容易给小儿子在外地找了一份勉强糊口的工作。精疲力竭的邱姨，因长期备受家事折磨，身心出现了一些问题，上医院看病，也总是开一些最便宜的药物。她原本是个很爱整洁的女人，不喜欢养狗狗，可一个人孤单久了，居然买了一只小狗"彩彩"养着，算是自己的伴儿。这次，一个人在家突然犯病，就因为口渴想起床倒一杯水喝，身边却连个亲人都没有。"彩彩"再好，毕竟也无法为主人去做端茶递水的事情来。

友人叙述着这些故事的时候，眼睛湿润了，我也不由得眼睛发潮。友人说事后得知，大家都感到非常震惊，心里充满了愧疚，因为平时几乎各忙各的生计，对一位退休员工的关心实在太少。常言道，善有善报，恶有恶报，不是不报，时候未到。可邱姨是恶人吗？为何好人的结局竟会这样？

我告诉友人，仔细回味，无论我们每天怎样繁忙，亲情友情爱情，都需要交流和沟通，否则难免会渐渐疏远和淡漠。而人们却总喜欢为着一些本已变得淡漠的情分，编制着美丽的借口加以掩饰，哦，对不起，我，我们最近实在是太忙了……是的，我们的确都很忙，可是我们在忙的时候，却无法掩盖一些心底的微妙变化：其实各自已经渐渐远离初心。等到彻底失去时，又总是充满无尽的负疚和自责。对待那些已故的生命，我们人性中的这些瑕疵，重叠复制和轮回，有时静心一瞧，不禁令自我和他人毛骨悚然，脊背发凉。

说着说着，我忽然内心有些焦躁和烦渴，走到饮水机前，倒了一杯水，久久地凝视着那透明的玻璃杯，满怀伤感。

水杯似乎分外沉重。

我将杯口轻轻贴近唇边，原本甘甜的纯净水，竟然在无形中变得有些涩口。窗外，一只白茸茸的小狗正在地上徘徊，不知是谁家的。

午后的春天

午后，有朋友提议到附近田野去散散步，于是大家结伴而行。

虽然老天不太作美，阳光欠几分灿烂，但一踏上田埂，鼻息里立即溢满了菜花香。四围那些淡黄色的花朵，一片连着一片；茁茁的麦苗儿，一棵棵迎风而笑，笑成一张张绿地毯；白色的萝卜花，星点般散布其间。

随同的朋友中有个从杭州来的方先生，他用略带江浙口音的普通话笑语告诉我们，在他的家乡，这几天要想出门就看见如此清爽的田园风光，那还得开个把小时的车到郊外才行。

一路上，田埂两边坐落着农家新修不久的楼房，瓦舍、红墙、白墙相映成趣，时不时有三五只小狗从院落里跑出来，黄的、白的、黑的，如毛茸茸的小球在地上打着滚儿，要么摇摇晃晃，要么蹦蹦跳跳，相互追逐着；有的甚至跑到你的脚边，东闻闻，西嗅嗅，待你伸出手抚摩它的头，小家伙立即显现出乖巧温顺的模样来。

正走着，发现一户农院旁长着几棵水冬树，更奇妙的是中间居然有一棵几近枯萎的藤树紧紧地缠绕着一棵笔直的水冬树。树的枝藤在空中自由地舒展，像画家用妙笔信手画出，造型随意如云。我们正纳闷，没想到在这很不起眼的小院里竟然长着这般奇异的树种。突然，一位留着花白胡楂的老人从院落里走了出来，他衣着朴实，身上依稀可见些许泥土星子，头戴布帽，面庞黝亮，气色红润。大家向老人一打听，方知那树藤俗名为黄角藤。据大爷讲述，这黄角藤乃一棵相思树。若是有人得了相思病，喝了这藤蔓煎出来的汤药自然便好。朋友们听完个个哑然失笑。老人又补充说，其实，每棵树的背后都隐藏着自己的一段故事，当然很多仅仅属于神话传说。但它们和人一样，有各自的喜怒哀乐，情感归宿，也有生老病死。你们看，这棵树还没有完全枯萎，有的根还是活的。它们生命力蛮

强呢，只可惜村里有些不懂事的孩子总爱爬上去捣乱，结果把树害苦了。

老人越说越健谈，竟然感叹说农村太需要文化了。我问大爷，凭我的直觉，老人家一定念过书吧？老人逊言笑语，只念过几天私塾而已，半文盲。我说，要知道鲁迅先生也念过私塾的。朋友们当即向老人家竖起了大拇指。

路上，映入眼帘的还有树树乳白色的李花、梨花、樱桃花，浅粉的桃花，白色的玉兰花、牛精花。玉兰花和牛精花长得十分相像。我们不会辨别，便请教老人。老人很耐心地给我们一一解说。抬头时，却见海棠也忍不住从农院墙内探出一张张红色的小脸儿；紫薇花更是淡雅清丽，泛着一种脱俗的韵致，着实让人怦然心动。

谈笑间不觉已到了路边一户人家，老人便进去闲聊了。朋友中有人憾然，怎没带相机出来？

我想，其实有无相机又何妨？眼睛，心灵和记忆已将这春景全摄了下来，以一种自然情致与状态的回归，不也很好吗？

友人笑问方先生，咋样？这里虽比不上你们的苏州园林，西湖景致，但别有一番川西坝子的情趣吧？方先生开心地点了点头。

一串串脚步继续往前走，走在这午后的春天里，走在属于自己的故事里。

艺术照

上周末，思雨按老师要求去照了些照片，说要尽量照得好点，为出书做好准备。家里的照片都是以前的，时间距离现在很久了，是不行的。本来是想尽量拍取自然景观，可是好像附近就一家影屋的摄影技术稍好些，另外一家的技法实在不敢恭维，有一次去那里照证件照，居然把耳朵只照了一只，呵呵，滑稽不滑稽？至于城中心的相馆、影楼，"5·12"后，到处在修建中，已没什么时间和心思去了解了。况且现在老师又要得很急。

相馆里的摄影师、化妆师都是两位"80后"美女，但两位看上去白皙的皮肤都有了些雀斑。她们最近的新娘婚纱照业务特多。两人几乎快忙不过来了，建议至少应照一套收费最低的室内照，如果只照单张，其成本对顾客来说很不划算。思雨想了想，便决定照价格最低的那套。化妆师细细观察了一下思雨的五官，只轻声说了句："眼睛长得很好，双眼皮。"便不多说什么了。思雨任由她那双灵巧的手在脸上舞蹈。思雨坦言道，艺术照其实很不够真实，即使是丑八怪的脸也能照得好看一百倍。化妆师否认了。当她把那副又黑又长又带卷儿的假睫毛贴在思雨眼圈上，并在脸上涂抹厚厚的粉底时，思雨感觉特不自在，特讨厌那假睫毛和那厚厚的粉底被弄在一张普通中国女人的脸上，如面具一般。思雨执意叫她把假睫毛剪短，甚至不想贴。年轻的化妆师显得有些不悦，说到了这里就得听她的。思雨怕她真不高兴就麻烦了，只好闭嘴。想想以前，蓉妹在成都给思雨照的艺术照，只简单用一支眉笔描了一下眉形，什么假睫毛，粉底，都没用，除了灯光，其余的道具几乎没有什么了，那样的简洁、真实。而今，化妆技术提高了，可以更加美化脸部了，可是心底的感觉却彻底没了。

　　一张是穿天蓝色大翻领毛衣，一头直发，两个银闪闪的圆形大耳环，这可以作为书上作者简介用。一套穿的是她们那里的蓝纱水袖，作为自己保存。摄影师还把思雨的头发做成了古代仕女的发髻，按摄影师提示动作，一会伫立在小桥流水边，赏荷，戏逗鸳鸯，扮作一邻家小妹。呵呵，还真像是回到了古代，怎么感觉在拍穿越戏一样？

　　昨天终于取到了照片。老师倒挺欣赏思雨身着水袖的那几张，可她心底竟无丝毫美感可言，反倒觉得有些空洞。她的心底永远只喜欢真实和简洁，只喜欢自然和青春的昨天。不知老师是否明白她的确切之意。

女人的素描

—— 致敬20世纪80年代的女人们

茫茫人海中，无论高矮胖瘦，或美或丑，无论温柔内秀还是泼辣豪放，无论坚强还是脆弱，也无论真诚与虚伪，只要身为女人，一个特定的象征着女性成熟的名称，即从生理和心理角度来讲，毋庸置疑，已有别于从前的女孩，从前的少女。不管曾经是多么的天真烂漫，纯情似水，也不管曾经是多么的花枝招展，风情万种，这所有的灿烂风景终将随着岁月的流逝而慢慢枯萎、褪色、消失殆尽。也许，你可以理直气壮地说：只要保持乐观的心态，再加上很好的保养（如科学养生、保健、美容等），青春是不会迅速与我们擦肩而过的。但一个铁的事实却无情地摆在眼前：无论怎样，时光永远不会倒流。于是乎，各类化妆品纷纷跳到女人的脸上被排上了有史以来的最佳用场。无论白皮肤黑皮肤都可以找到她们理想的色彩；令人眼花缭乱的新潮服装从四面八方堆到女人身上，充分武装起半边天的角色；高中低档的美容美发厅有增无减，在那里，女人可以自我感觉良好地对着梳妆台说："怎样，还可以吧？"

　　这间或有点阿Q的成分，然而，女人有时的确需要一点自信来支撑自己，壮大自己。否则，当皱纹在不知不觉中爬上额头时，衰老会得意地冲着女人狞笑。

　　爱美之心人皆有之，不过，中国大部分工薪族的妇女面对高档时装城、高档美容美发厅，只能是望洋兴叹——虽然"勤劳朴实"早已成为我们中华民族的传统美德，而事实上从某种意义来讲，往往因为囊中羞涩，勤劳的她们不得不接受朴素。接受所谓的"价廉物美"。值得欣慰的是，尽管如此，她们却坦然地背负着生活的艰辛——每天上下班，或者经常加班加点，而后于川流不息的人群中，为着菜篮子疲于奔命，在市场上讨价还价；回到家，面对上有老下有小，以及那永远也做不完的家务活；抬头远望田间，那些在埋头劳作的农妇，赤着胳膊，挽着裤腿，顶着烈日，汗水顺着她们黝黑的脸庞往下淌，流进土壤，感化着大地……回首往昔，不免慨叹当年的青丝而今已被染上银霜，当年娇翠欲滴的蓓蕾而今已是无可奈何花落去。可是她们却咬着牙与岁月抗争——以一生的代价去追逐希望，去换取黄澄澄的秋收。她们失去了那一张张曾经美丽的容颜，却把一颗颗熟透的心留给子孙后代。

　　有人曾把男人誉为太阳，将女人比作月亮。其实这并非准确。试问，女人何尝不可以扮演一轮初升的红日，领略一下喷薄而出的豪情？于是渐渐的，人们发现在女人的风景线上，涌现出一批佼佼者——女强人，她们不甘被繁重的家务琐事埋没青春年华，勇敢地站出来和那些弄潮儿一同乘风破浪，大展身手。她们是天之骄女，一如那璀璨的星星闪耀出迷人的光芒。

而在这光芒的背后，谁又真正体味出女强人的失落，女强人的悲哀？在平凡的世界里又有多少平凡的女人梦想着成为人生画坛上的大手笔？又有多少女人私下里向隅而泣，不甘寂寞地呐喊着……这之后，一切重新恢复了平静。随着时间的流逝，大多数女人学会接受了淡漠也接受了自己。

女人不是完美的。女人生性与眼泪结缘——因为这世界没有纯粹的铁娘子，只不过坚强的女人有了眼泪往肚里流，脆弱的往脸上淌。女人的眼泪一半是苦的，一半是甜的。

女人有女人的虚空，寂寥时，挨家串户拉家常，三朋四友外出旅游，或是周末上舞厅跳上两支华尔兹，趁着兴头也唱两曲卡拉 OK；喜欢清闲的，织织毛衣，或来点琴棋书画，不也是一种雅兴？正如太阳和与月亮一样，各有各的轨道运行方式。男人有男人的活法，女人有女人的天地。只是千古话题早已证明了，女人不能仅仅为太阳而活着，也不能仅仅为做月亮而活着。

女人是矛盾体。有时，女人为了爱情会疯狂，有时为了爱情而变得缄默。女人有时是一汪充满灵气的潺潺山泉，滋润着干涸的荒野，有时则汇成一条汹涌的激流，浊浪排空，洗刷世间的尘埃。有时，女人如小鸟依人般需要男人的呵护，有时却一头冲出笼子飞向远方，独自承受风吹雨打和电闪雷鸣。有时，女人是个简单而直截了当的句号、惊叹号，有时却又变成一个微妙的问号、省略号。女人，其实是片连自己都捉摸不定的云，或化作倾盆大雨，或化作晨曦甘露。

光阴荏苒，多少年来，女人一直在用自己的双手勾勒着自己的素描。于是，聪明的画家抓住了那些看似简单的线条进行再创作，以丰满的笔触展现出女人最自然的轮廓；于是，善良的诗人在他们的诗行里捕捉到了女人最深处的灵魂。

陪童成长

散落的羽毛

我走时，天上正飘着雪花。

但我还是决定离开。我的心正如这片片纷飞的羽毛无法安定，而且它已经不仅仅属于我自己。

我确信我会看见雪白的地，雪白的屋，还有站在雪中那个刚毅的你。在无数次的幻觉中，我感觉我能得到所有的幸福和快乐，所以，总忘不了做一做美丽的梦。

在记忆的小河里，有一部分童年时光是在那寒风凛冽的壤塘（藏语意为财神坝子）度过的，当然更是在傻里傻气、无所顾忌中度过的，是在吃着野果子，而后睁着一对惊恐的眼睛看爸爸发脾气中度过的，也是在常常因上课开小差被老师批评得面红耳赤中度过的。

童年，快乐的童年，永远也找不回来的七巧板时代！已经记不清我跟着爸爸一起，在那偏僻的角落里待了多少个漫长难熬的寒夜，只觉得那地方离外面太远太远。至今想起，恍若一场迷迷糊糊的梦。

上学了！那天，天上正飘着鹅毛般的大雪，瞧它们旋转得多轻巧，一片，两片，轻轻飘落在我身上，头上，脚背上。要是往日，我准会伸出两只冻得像小红萝卜的手接住它们，但那天，我却冷冷地瞅着它们，任它们飘来飘去。因为爸爸说新生入校得给老师留下好印象，应该有朝气。于是，心爱的小辫子被爸爸用剪刀狠心地剪掉了。一个可怜的黄毛丫头那渴望有着小仙女般长发的幻想又破灭了。多么希望不要去念书，成天往山野里钻，去挖人参果，去看狩猎人，不再有老师的教鞭，爸爸的耳光，同学的唾沫。

在林场的那些日子里，见过年轻的年老的打着绑腿的伐木工人。清晨，雪还在头顶上飞就扛起木锯和斧头上山，穿着破旧的棉袄，肩上露出的棉絮在风雪中飘悠悠的，而嘴里却吹着欢快的口哨，手上拎着一袋馒头……天天如此，月月如此，年年如此，他们仿佛在拼命地砍着岁月的年轮，却从未听见谁呻吟出"苦"字来。那时，年幼的我细细品尝，备受触动。直到长大后才恍悟，那些以砍树为生的"苦中苦"其实意味着人类无奈无知的自虐，更有愧于大自然无私的馈赠。

摘杜鹃花的时节，正是将厚厚的棉袄脱去的时候。全身像卸下了一个沉重的包袱。上山去啊，和林场的小伙伴蜂拥着去采大串大串的野葡萄！吃得嘴唇、舌头全被染成深紫色才如梦方醒，回家准少不了挨揍。咬咬牙硬着头皮往回走，心里却不由得瑟瑟发抖。

不知什么时候开始竟羡慕橱窗内挂着的七彩纱巾，薄如蝉翼却比蝉翼鲜艳。看见同伴脖子上系着那美艳之物，真想自己也能拥有一条飘逸的、红得像火的精灵，在寒冬上学的路上，小身体不会再感到刺骨的冷。终于等到一天，妈妈从远方给我带来了一条鹅黄色的，并非梦寐之色，但也知足了。长大后，妈妈又给我添置了一条鲜红的，这自然是另一番的感受了，至今仍保留着它。

当妈妈先后两次笑着对我说："小橘子，你要当姐姐了，高兴吗？"也许，正是从那天起，我知道自己不再拥有撒娇的资格，也不敢再有过多的奢望。

但最值得庆贺的还是妈妈给这幽暗而布满尘埃的两间小木屋带来了生机，一切都显出它们本来的整洁、宁静、祥和。小屋里不再过多地被爸爸呛人的烟味所困扰，也不再过多地充满孩子们委屈的啜泣。常常是母女四人围着彤红的火炉，有笑，有歌，有口琴，还有妈妈那长长的我最爱听的二十世纪五六十年代的故事。

窗外又下雪了！

小脸蛋儿贴在玻窗上，眼睛痴痴地望着外面白色的世界，片片雪花精灵在空中纵舞，我无法探究它们最真实的内心深处究竟藏着什么。在苍穹里，在荒野里，它们到底是在欢歌还是在悲泣？雪花啊，洁白的羽毛，你可曾看见一颗稚嫩的童心正为你祈祷？当你飘走时，这滴在玻窗上的泪珠儿是我赠给你的星。当万籁俱寂，拉开夜幕，是它停在那里为你闪烁。这时刻，愿你正散落在我梦里，拂去心灵上的铅尘，拼织成一朵盛开的雪绒花。

昨天阳光很灿烂

2010 年 1 月 26 日，林月心里将永远记住这个日子，也将把它写进自己人生的扉页，拿出勇气，去做新的尝试和选择，直到思想彻底死亡的那一天，也许才会停下来沉眠于现实。

昨天阳光很灿烂。女儿一早起来就打扮得漂漂亮亮的去学校领通知书。这次期末考试她还是取得了班上的第一名，其实前几天她的好友就已将这个消息告诉她了。林月看见她的脸上洋溢着喜悦的色彩，应该由衷地为女儿感到高兴。林月尽量说着祝贺孩子的话，可耳边老是回荡着她的叹息："妈妈，你知道吗？我在学校简直是度日如年，作业，作业，永远是做不完的作业，考不完的试……大家都感到好累啊……"班主任给她的评语是："你是我班的骄傲。"林月感谢老师对女儿的培养，但她望着女儿的眼神沉思了一会儿，像在喃喃自语，如果是班里的那个差生呢？他或者她的评语上是否应该是："你是我班的耻辱？"女儿听了妈妈的话，有点自嘲地笑了。呵呵，林月的心开始着疼地笑。

从那一刻起，林月真的一点都开心不起来。

昨天阳光很灿烂，对于这个在冬天里常常板着一副阴冷面孔的城市而言，能偶遇这样灿烂温暖的阳光，简直是上苍赐予的珍贵圣物。林月是那样地喜欢这冬日的阳光，感觉它可以减少身心的疼痛，驱走一些寒气、晦气。本想让女儿陪自己一起在阳光下改稿子，可是女儿说她好累，想一个人先回。林月只好无奈地随她去。待忙完一切之后，独自在广场的石墩上坐下改稿。广场上很多老年人在打牌，聊天，赏鸟，孩子们在跳来晃去。林月埋头一股脑儿改完多篇文稿之后，突然看见手机上一个小时前的未接电话——很意外，快乐，忧伤，真诚，虚伪？那样的令人迷惘。

河水在身边奔腾。

昨天阳光很灿烂，心情快乐又悲伤。

回家时，天已经黑了。街灯五彩斑斓，那些魔媚闪动的灯光，和白天大自然里的阳光相比，无一丝暖意，显得那样的飘忽，那样的虚华。林月心里有些想冷笑，有些想哭。

风铃的歌声

雨后的小城显得更加凉爽。走在街头，清凉的风儿四处掠过，裙角飞扬，树枝摇曳，车辆穿梭，匆匆忙忙。

小悦回去了，家里好像突然冷清了许多。妈妈站在窗边，风刮了进来，不经意间，听见女儿白纱蚊帐里挂着的那串风铃，发出清脆的响声，仿佛在轻唱着一曲小歌。不知道她尽兴玩到哪天才能回来。

最近，妈妈格外忙，上班杂事多，下班忙H老师布置的"作业"。电脑程序有些问题，也没时间去处理。恍忆那晚，写得投入了，没能起身品尝小悦亲手做的"韩国菜"。妈妈原本确实不喜欢吃那些外国人的东西。小悦很郁闷，吃完后，闷声闷气地回她的卧室里了，不再搭理妈妈。等忙完回过神来，妈妈找她说话，才发现她生气了。她需要鼓励，而妈妈却没有说出口，默默无言，哦，对不起，小悦，是妈妈的错，妈妈忙坏了，几乎忘了对你的肯定。

妈妈着实忘记了一点，小孩子一般难以听懂大人的心语。

临走前，她一再叮嘱妈妈要帮她喂好那只小白鼠。虽然妈妈一贯不喜欢伺候小动物，可既然答应了女儿就不敢怠慢。回过头去，看见它正蜷缩在小木桶里睡午觉。放了一点西瓜瓤进去，小精灵竟然骨碌一下翻身起来，一副舔得好香甜的模样。

　　妈妈听见风铃又在里屋跟着乐和，哼着歌，一声声，一声声。

丑　丑

　　前几天在下班回家的路上，无意中看见一根电线杆上贴着一张关于寻狗的启示，当时只是觉得有些搞笑，因惯常看见的是寻人启事或寻物启事。而最近报社的刘老师来电话，要求写一篇关于狗年之狗的文章。回家提笔沉思，不禁想起了"丑丑"。

　　那是三年前夏秋之交的季节，朋友家的母狗产了三只崽，见我家孩子喜欢便送给我们一只。当时，主人已给它取名叫"丑丑"，并声明不属纯种宠物狗，还给它注射了疫苗。

　　其实我原本并不喜欢养什么小猫小狗，总觉得这些小家伙身上带有很多病菌，会很脏，饲养起来很麻烦。但见女儿非常喜欢，我只好耐性帮她养着。刚开始它有些诧生，有一回竟然不见了。我和女儿焦急地四处唤它也没有丝毫动静，正担心是否丢失。待我们沮丧地回到家中，突然女儿惊喜地在里屋叫着，妈妈，瞧，"丑丑"在这里！

　　我跑去一看，只见这黄茸茸的小家伙居然惬意地躺在床下的一双棉拖鞋上，半眯缝着眼睛，憨憨地盯着我们，似乎在说，我好困啊，我的主人。

没想到"丑丑"很大气，随便吃点什么都长得很壮。不久，便在外面草坪上和女儿一起追逐，像只飞奔的快乐小精灵。晚上它很准时在窝里入睡。女儿有时不服气地对我说，妈妈，其实我们不该叫它"丑丑"。外面小朋友都说它长得好可爱，应该叫"小乖乖"才对。我一听，笑语，动物的名字不过是个符号而已，重要在于它本身是否可爱。

　　真正让我感到欣慰的是，以前有些沉默的女儿，性格渐渐变得开朗起来，爱笑了。

　　然而，"丑丑"长得越来越快，体型一天比一天强壮，牙齿日渐锋利。因紧张忙碌的工作，下班把家务一做完，辅导完孩子的功课，再伺候这"丑丑"，还得经常抽时间给它洗澡，我简直感觉累得精疲力竭。而且，"丑丑"有时一听见外面有动静就"汪汪"大叫，骂它一句它便收敛住叫声，可一转身又开始狂吠。我很担心照此下去会严重影响周围邻居，便对女儿说把它送人算了。但女儿始终舍不得，还向我保证，她一定管好"丑丑"。

　　没多久的一个星期天，家里那天没人，我回成都母亲家办事。下午回到都江堰的家时，"丑丑"竟已将系着的绳子弄断，把新家具咬了很多痕迹，正狂吠不止，那模样看上去像疯了似的。我很生气，当即用小棍打了它几下，"丑丑"似乎知道自己错了，沉默地低下头去，蜷缩在角落里，任凭主人发落。女儿在旁看着心疼，叫我别打了，还说它会改正。从那天开始，我决定悄悄将"丑丑"送给单位一个民工，他家宽敞，而且他说他们那里独家独院，相当清静，需要"丑丑"去看家。我想，这样也好，鸽笼似的楼房是不适合"丑丑"生活的。

　　"丑丑"终于被送走了，那天，我只知道它的声音很凄楚，回头不停地看着我，冲我叫着叫着，那眼睛里似乎有泪光在闪动，让人有些揪心。那天，我只知道回家后发现"丑丑"失踪的女儿把自己关在她的小卧室里伤心地哭了。虽然后来给她讲了很多道理，孩子渐渐忘却这事。但偶尔，还是会听见女儿无意中对我说，妈妈，什么时候抽空去看看我们的"丑丑"吧，不知它长多大了？它会咬我们吗？应该不会吧？

家长会

（一）

　　昨天去学校开家长会，在板房教室外，双脚站得又硬又僵，几乎快失去知觉。可是，没有办法，只能等老师把期末试卷给孩子们讲解完，才能方便进去——坐下。

　　小悦虽然仍保持着她在班级里总分第一名的好成绩，但妈妈的内心却无法轻松和快乐起来。倒不是因为数学原本是她的强项，而她这次数学成绩却考得并不理想，这似乎又是冥冥之中意料的结果。老师在考前曾当着全班同学宣布，告诫她必须考上 140 分，否则会叫她假期的日子难过——布置很多作业。小悦在考前的几天里就不停地叨唠，要是我考不到那个分数，怎么办啊？怎么办啊？妈妈明显感到了她的紧张、惶恐和无助。尽管妈妈告诉她，安慰她，没事的，没事的，只要你尽力就行了，别那么担忧，如果你老是抱着这样的情绪怎么能考好呢？可她还是怀着那样的心情去迎考了。妈妈难以想象她那天坐在考场，面对试卷的心理状态。

　　老师站在讲台上，望着下面家长们那无数双焦灼的目光，苦口婆心地诉说着教育体制的无奈，诉说着老师的苦衷，诉说着生活的残酷。

也罢，这个话题不说则已，一提便感觉沉甸甸的，像有石头堵着胸，压着心。

回来的路上，妈妈一直陪着小悦，告诉她，其实老师也不容易，虽然可能在教育方式上每个老师有区别，有不同的方式，有些方式甚至可能欠妥，但不管怎么说，老师和父母终归是为了你们好，以后不管怎样都应该记得对老师感恩，知道吗？孩子。

小悦默默点头，盯着妈妈的眼睛，没说什么。

也不知道孩子当时究竟在想些什么。

妈妈真想长叹一声，累啊，孩子累，家长累，老师累，我们的整个民族呢？这个世界呢？心呢？谁最累？地球最累！

（二）

昨天上午去学校开家长会。没想到，小悦这次期末考试成绩依然保持着班上的第一名，也许是妈妈当时看见她进入总复习时，整个人的精神状态显得那样的紧张，以为她不会考好的。看来，妈妈对女儿的自信远没有女儿对她自己那么自信。

虽然孩子考得较好，但妈妈真的没有什么轻松愉悦感，一想起孩子未来在漫长的学习路上还得艰难地走下去，还不知道会面临好多的困难，始终感觉心里有些沉重。也许是因为妈妈的表情太过平静，以至于在回来的路上，小悦居然嘀咕着：

"好像你不高兴的样子，别人的爸爸妈妈想高兴还高兴不起来呢。"四川话也许没有普通话那样严格，妈妈从来没有刻意去要求她对妈妈是用的"您"还是"你"，不过在妈妈下意识里，妈妈喜欢她用"你"，或许让妈妈感觉她俩更像朋友一些。

"没有啊，没有不高兴。妈妈只是有点累而已，在教室外面站了两个多小时。"妈妈解释道。

"哦，对了。我的好朋友都在议论你呢。"

"议论我什么？"

"她们说你今天穿的旗袍裙很好看，性感。但是我不喜欢你来开会穿成这样，让别人议论。"她嘟起了嘴巴。

"哈哈，这些小机灵鬼儿知道什么性感不性感的。你又不是不知道，妈妈历来一直就很喜欢旗袍裙，这有什么？好吧，以后再来开会妈妈一定会注意的，尽量穿得古板点儿。"妈妈觉得有些可笑，现在的小孩子的确是比她们那时早熟得多。

"好啦，我晚上要吃火锅，庆祝一下嘛！等会儿我和同学约好要出去玩。"一提起火锅，这孩子满脸兴奋。

"出去吃吧，外面的味道要好些，省得在家做得那么麻烦。怎么样？"妈妈尽量和她商量。

"外面吃现在容易染上流感，还是在家里吃吧，省钱又干净。"她决定的事，一般妈妈觉得有道理会立即认可的，"那好吧，等会儿我们一起去买菜。妈妈一个人提不了那么多，需要你帮忙。"她乐呵呵地笑了。

母女俩匆匆到菜市买了一大堆荤菜素菜，两人手里满载而归。回头看见她气喘吁吁的样子，妈妈笑着说："现在体会到辛苦啦？要吃好不累，行吗？"

小悦无语地点点头。

晚上吃了火锅，有点疲惫，妈妈突然感觉很想听听音乐，在自己的"播客"里好好把收集整理的曲子又听了一遍。既喜欢《卡秋莎的安魂曲》，更喜欢那首《神秘园》，感动，感慨，为往事，为往事中的人。

风　筝

　　林月已经有很多年没有闲暇去留意和关注过风筝了，或许是因为岁月悄无声息，日复一日，年复一年地趋于一种平淡、甚至麻木，再或许是因为疲惫的身心早已变成了一只只无形的风筝，随风四处漂泊、流浪在这个世界的每一处角落。尽管每个春季的天空，会有那么多缤纷的风筝，竞相飞跃，点缀在蓝天白云下，匆匆的人们却很少能有心情驻足仰望。

　　一个晴朗的周末，女儿突然对林月说："妈妈，这些天感觉好累啊，我想你陪我去广场看看风筝。"于是母女俩便一块儿去了广场。很久未光顾这里了，放风筝的人还真不少。抬头望去，一些大小不一的孩子正在大人的教导下，学习试放风筝：有的飞得高，有的飞得低，还有的甚至刚一放出去就从半空中栽了下来，伴随着兴奋的，沮丧的，有惊叫，也有平和，有耐心细致，也有呵斥和粗暴，各种声音混合着。撇开这杂沓的氛围，把目光放得更远些，只见有一只美丽的"蝴蝶"飞得最高，最远，渐渐地，几乎快成一个小红点了。林月寻思着风筝的主人，原来是位身穿红色运动装胖乎乎的中年人，正悠闲地放着手里的线儿，目光一直追随着那只遥远的"蝴蝶"。林月想，那只"蝴蝶"或许承载着中年人年轻时美好的思绪？时光远去，心里似曾有些牵挂？那根手里拽着的风筝线，难道牵引着主人昨天的一些故事？

真正吸引林月和女儿注意力的，是离她们不远处的一位老人，他坐在小桥边的一张石凳上，全神贯注，手里不停地控制着风筝线，或紧或松，或快或慢。老人的神情似乎显得张弛有度，从容不迫，娴熟稳重，他手里驾驭的是一只黑色的"蝙蝠"。那"蝙蝠"在空中展翅翱翔，并不亚于"鹰"的气势。它没有华丽的色彩，没有雄伟的英姿，只是在风筝群里静静地飞着，飞着，不哗众取宠，不刻意与其他的风筝比高下，在自己认定的"航线"里尽情飞舞，执着飘动，甚至让人感觉到它越来越具有王者风范，独显出一种高贵、从容和大度。

天空中的一只只风筝在跳舞，天空下的一颗颗童心在雀跃。

女儿看得简直忘形了，高兴地叫道："妈妈，它好像'蝙蝠侠'啊！"旁边有几个孩子正专注地凝望着天空中五颜六色的风筝，也跟着乐呵呵地拍起手儿："真好看，真好看！"

也许，从某种意义上讲，天空和海洋有时候几乎没什么分别。所以，此刻在林月看来，这位老人似乎已经不仅仅是一只风筝的主人了，而是一位在大海上航行的船长，他在为那么多默默的目光导航。

林月询问老人从何时开始放风筝，这风筝里头的学问一定不少呢。老人笑眯眯地告诉她，这只"蝙蝠"是他两年前退休后精心制作的，而且打从那时起他就开始学放风筝，一晃已有多日了。没想到这么坚持下来，居然还把他的颈椎病给治好了。要说这放风筝啊，得趁河风刮起时的那股劲儿，就让它随风放上去了……不要老担心它会掉下来，首先要突破自己的心理障碍……林月看见女儿站在旁边，若有所思地回味着老人的话语。

　　不知什么时候，老人开始渐渐收回风筝线，"蝙蝠"终于慢慢降落，离她们越来越近。目光在回归，心也开始渐渐回归。

报　名

　　一早，雨下得很大，家人陪小悦去学校报名。在报名处，一位女教师直夸这孩子争气。于家长而言，虽谈不上非常高兴，但的确感到有些欣慰。小悦在学习上，一直很努力，很自觉，这一点从未让家人担心。只是在生活细节上，母亲有些不太喜欢现在孩子们的习性。不过，要改变，似乎已很难。

　　虽然这次中考初试和复试，小悦考得都比较理想，不过，未来的高中三年，又将是她人生的一次考验和转折。未来路漫漫，要说没有一点压力是不可能的。家人只能支持她，鼓励她，祝福她不要带着过多压力去学习。

　　明天，H要去M镇看看那边的状况，即使不值得去参加，或者无法请假去参加，下一步又会有其他新的创作计划开展了。总之，任重道远。拿出精力，准备"战斗"。辛苦，努力，加油！走自己的路，让别人说去吧。

忧

晚饭后，小峒执意要出去和她的小伙伴玩。母亲害怕她玩到天黑还不回来，想阻止，却欲言又止，她的脾气母亲是知道的，会责怪大人多话，把她当小孩子，她总觉得她已经长大了。

母亲想，只好随她去吧。

她哪里知道，在母亲的眼里，自己始终还是个孩子。

下雨了，越来越大，母亲心里开始后悔没有阻止她出门。

母亲站在窗边，焦灼地探头往外望了好几次，担心她会不会在哪里正被淋着，像一只可怜的小落汤鸡。又有可能感冒发烧打针、吃药，糟糕的是她忘记提醒峒带上小灵通，无法联系。小时候，她经常感冒发烧，一感冒母亲就感觉特别揪心，一串串的麻烦事接踵而至：打车，医院，医生，病人，排队，划价，付费，拿药，打针。

家人正劝慰母亲别担心，门突然开了，小峒居然笑嘻嘻地站在门口，刘海湿漉漉地贴在额前，脸蛋红扑扑的，蓝色 T 恤微微有些湿润。整个人却跟没事儿似的，好像淋了雨，她还感觉特开心。

　　看见女儿回来，母亲的忧像夜空中迷途知返的风筝，最先落了地。

文
人
走
笔

夜语呢喃

晚饭后，Y头把厨房上上下下好好彻底打扫了一遍。玫瑰色的睡裙也被弄脏了，浑身全是汗水，不过看着整洁的劳动成果，感觉身体舒适了很多。Y头刚去洗了澡，洗了衣服，头发还是湿润的。她不知道接下来还该做什么，只好打开电脑留下了今夜的几句心语：

说真的，最近的处境、心境陷入了人生的又一次低谷。也许，这就是命运的安排。该承受的，不该承受的，是自己无奈中的选择，统统必须去面对。世间人情冷暖，利欲熏心，大抵如此吧。每次傍晚T来电话，谈起一些事情，Y头的情绪会更加糟糕。有时只想永远这样宁静下去，什么也不想再提，什么也不用去思索，会少了很多的烦恼。有时真想逃得远远的，与世隔绝，可是，现实却不容逃避，没法逃避，因为有太多的责任需要去扛。

唉——Y头忍不住一声悠长的叹息。

也许在这深夜里叹息的远远不止这一个孤寂的灵魂？

这两天她突然特别喜欢听歌，听轻音乐。女歌星里，特喜欢的有蔡琴的歌《爱断情伤》，散着忧伤的女人味儿。如果没记错的话，这首歌曾是电视剧《雷雨》的主题曲，抑或是片尾曲？她记不太清了，只知道里面印象很深的有王姬老师和赵文宣老师分别扮演的男女主角，演绎了一场催人泪下的爱情悲剧。

男歌星里，比较喜欢杨坤的《无所谓》和《那一天》，带着伤感的男人味儿。

Y头从中学时就开始喜欢萨克斯、吉他、钢琴、大提琴演奏的乐曲，也喜欢排箫、长笛吹奏的曲子。音乐真好，可以让倦怠的心沐浴一种清新的气息，让受伤的心，慢慢愈合，慢慢复原。

这两天她突然感觉忙起来，想把以前发过的随笔《与月亮对话的女人》整理一下，看来要被拖延了。Y头今天特疲倦，想躺会儿。刚才坐在电脑前有太多的话想说，却欲言又止。本想多去回访一下博客里的朋友们，却无心失礼了。于是作罢。

琴在轻吟

天气阴沉，黑压压的，像要即将下场暴雨似的。是老天想发泄还是心想哭泣？琴已无力再去辨析。

琴原计划在月底会弹一首关于这座小城的曲子，可是看来似乎要泡汤了。唉，为什么总是在为心情而活着？那么谁在乎着它的阴晴圆缺。

她讨厌自己的每根弦在最信任的人面前所持有的那种透明和敏感，特别脆弱时便砰的一声，以"断"了事。她无意中在网上搜索看到影片《夜宴》，对于它的评说倒不在意，却记住了片中王后对太子所说的那句台词："最高境界的表演是将自己的脸变成面具。"有时她真的好想能戴上面具行走，不愿意让别人看见自己脸上的喜怒哀乐，但她知道自己根本做不到。

细想，每个人皆为生活舞台上的演员，表演的水平和技艺却有着天壤之别，而结局都是化成一把灰，飘向岁月的长河。最高境界的表演也罢，简单低劣的表演也罢，奈何？累！记得朋友鼓曾说，其实善意的谎言往往是为了保护自己不受伤害，或是不伤害他人。可鼓怎知，人一旦说了一个谎言，就可能得用一百个谎言去遮盖和掩藏。难道那样做就不觉得累吗？也许，身为鼓，宁愿累也不愿意受伤，因为鼓"累"时一般不会失血，"咚咚咚"最多只是让疲惫的身体使劲舒展一下，或可以对着空旷的地方长叹几声就可以缓解"累"。而人一旦受了"伤"，"伤口"就会流出一滴滴殷红的鲜血，不仅是肉体之痛，而且还让记忆长久生痛，无法忘却。那么，王后说的话是有些现实意义的，尤其对于那种惯常喜欢用谎言庇护自己的人来说。可是，难道别人就没有看出来吗？不是没有看出来，而是别人故意闷在心里不想戳穿他而已。所以，琴始终不愿戴面具，此生更无法做到那种高境界的表演——让自己的脸变成面具。只想就这样真实而简单地活着，活着，或乐音缭绕，或沉静不语。

傻吗？傻就傻吧。

琴躺在书房里陪着女主人午睡。一连几天都没有留意女主人的手机了。琴心不在焉，虽然见那手机开着，静静地，无一丝讯息。那瞬间，琴见着女主人恍若突然陷入一片孤岛，只听得有男人在电话那头对女主人发火的声音，咆哮般地训斥着："我还以为你彻底消失了？拨了半天都不通！怎么搞的！啊？"琴被惊醒了，听见女主人也没好气地回应道，好吧，火气那么大，不想和我说话就算了！男人的语气随即又平和下来了，在女主人一通叽叽咕咕的解释后，男人终于消气了："我说，号码不要经常换，知道吧？不好！"女主人想解释说又不是故意想这样自找麻烦，她寻思着，比较着，T就不像他那么火暴。接通后，T很意外女人换了号码，但他语气温和许多，彼此寒暄一番心境。当告知Y时，Y还在成都，可能那边天气比较炎热，Y在电话那头好像语气很着急，恨不得三言两语就立马挂断电话的样子。Y说自己在这边一直住在板房里，太热了，身体实在受不了，刊物又属于文化学术专业性很强的一类，必须靠自己组稿，而外面到处又在修建，杂乱不堪。震后，很多机构地址发生了变化，甚至连往常公交车路线都是乱套的，出门办事，整天打车实在消费不起。于是她一般在成都那边的住房里忙刊物的事，说有空再联系女主人去领书和稿费。

说实在的，琴知道女主人的三位老师住房均在"5·12"中严重受损，眼下他们还得忙房子，忙工作，心情可想而知。相比之下，女主人还算相当幸运的了，房屋完好无损，工作照常运行。琴觉得女主人应该尽快振作起来，尽快忘记心里堆积的那些烦恼和阴霾，不能再这样颓废下去。于是，在黄昏来临之际，琴欣喜着，将自己的每一根弦重新交给女主人那双纤细的手指，她执念女主人终会幡然顿悟，体恤何谓十指连心。

没有头绪的心情

自去 S 地参加创作后，M 君已有很久未写博客了，也很久未去回访朋友们了，十分歉意。

现在回想在 S 地的那些日子，酸甜苦辣，喜怒哀乐，太多的感触，M 君难以言表。白天顶着烈日上山采访，晚上赶稿至深夜。后来临近完稿后，还着实体验了一次做编辑的辛苦，以前感觉创作是件很辛苦的事，可是做编辑感觉更累，字字句句，标点符号，细细斟酌，细细修改，篇篇筛选，密密麻麻，眼花缭乱得似乎感觉快要晕眩了。忍不住对其他老师感叹道，回来后，长时间内是不想写字看书了，让自己好好喘口气。

M 君原以为回来可以好好休整一下，让疲惫的身心得到恢复，宁静下来，可是又不得不投入新的环境中去忙碌，迅速去适应周遭的一切人和事。只感觉到一个字"累"！但累有累的不同味道：有时累得快乐，有时累得伤悲；有时累得甘愿，有时累得无奈。细忖，人活着，谁不累？各有各的累，直到有一天彻底长眠，或许就不再累了。不，也许即使到了另一个世界，那些永远无法割舍和放下的灵魂还在续写着关于"累"的故事。

文友AB

文友 A 君曰，记得几年前，曾经参加过的某次笔会上，主持人要求与会者发表对这个作品那个作品的评价，耳边基本上全是一片恭维声和赞扬声。当然，平心而论，在这个世界上，只要是人，谁不喜欢悦耳动听的言辞，谁不喜欢鲜花和掌声？作为文学创作青年，谁不希望自己的作品属佳作？可是文学的确需要一些尖酸刻薄的评论家，才能得到进步和升华。

B 君随意地翻阅着手里的稿子，点点头，算是应承。

A 君抿了一口清茶，续曰，本人一介凡夫俗子，这些年业余创作，不过是为了寻求一点精神寄托。而重新走进这个博客世界，需要一些勇气，因为每个人的欣赏角度和欣赏水平不一致，审美意识也各不相同，所谓"萝卜青菜各有所爱"就是这个道理。仁者见仁，智者见智，同样一件艺术作品，有人赞你，有人损你，有人赠你玫瑰，有人扔你石子或臭鸡蛋，一切都非常正常。对于平凡的跋涉者来说，一路上更不可能是鲜花阳光相伴。所以，当你需要展现的时候，必须有面对雨雪风霜的心理准备，否则，唯有一直将自己的灵魂永远包裹起来，一直深埋，直到死亡。可是你甘心生命就那样保持沉默？不会。一个朋友曾经对我说，你不觉得吗？其实文艺圈子里成天不是你反对我，就是我反对你，一会儿这个学术观点占上风，一会儿那个观点又被驳倒，你骂我，我骂你，文化名人之间，娱乐圈里的明星之间，更是如此，争啊，斗啊，乐此不疲；商业圈子里也是如此，一会儿你给我设个圈套，一会儿我又给你做个笼子，不停地搏啊，杀啊，较劲啊，折腾啊。这人啊，真他妈累！

文友B君抱拳曰，是啊，言之有理。这人活着，不累不行！否则，人们只有出家了。至于文化圈子里，百家争鸣，有些天生长着一张"臭嘴"或者"铁嘴"的评论家，言辞尖酸刻薄可能会伤了大家的和气，但从文化发展的长远目标来说，总归是件好事。世界是多元化的，在遵纪守法的大前提下，任何公民有言论自由，理解万岁！

A君这两天一回到家就专注地做着自己新开的博客，手指在键盘上都冻僵了。T城的这个冬天似乎格外的寒冷。前几天深夜又陆续发生了余震，每次A君总是从梦中惊醒，那瞬间滋味真难受。不过，似乎白天又趋于平静和麻木了。他在心里默默祈祷：阿弥陀佛，善哉！地球别再折腾了，让生命继续繁衍下去吧；生命也好好珍惜地球吧，别再互相折磨和摧残了。

单位即将正式放假，假期从下周一开始直到正月十六结束。昨天A君心血来潮，突然打算再开通一个博客，把以前的那个给注销了。喜新厌旧？不，只是想暂别昨天那些感悟而已，换换心情。

天，好冷。而窗外的仙人掌似乎并不畏惧那凛冽的寒风，披着满身的刺，昂首在那里静静地迎接冬天最后的挑战。

坐在电脑前，Ａ君把从前的作品开始慢慢贴进这个博客里，感觉那些东西凝聚的全是昨天的记忆，深浅不一的足迹，将它们轻轻锁起来。静时偶尔打开看看，思考今天和明天，为自勉，或与真诚的文友们共勉。

小 记

A君前天突然接到Q的电话，通知C文联有关人员一同出去为某公司的筹建做好前期文化宣传、上山采访和创作。

晚上出去采购了一些洗漱用品，匆匆收拾好衣物行李，尽量做到精简，带上了两三本喜欢的书，偶尔翻阅一下。

明天就要离开了这座城市了，到S地去，听说那里的夏天比D市这边还要凉爽得多，空气也特清新，可能早晚穿裙子还会感觉有点冷，得带上薄毛衣和外套才行，至于太阳镜、T恤衫、牛仔裤、旅游鞋更是必不可少。或许换个新环境，换种心境也好。尚不知哪天回来。要是那地方真有那么幽静空灵，让心感觉特别惬意的话，倒希望永远能在那里扎根了。如果不喜欢，还是希望能早点回来的好。不管怎样，一定会认真负责地完成好自己的这次创作任务。

好了，睡吧，晚安。明天还得早起。

梦里悟空

也许，现在你真的在空中腾云驾雾了，看不清楚地面上的大家了。你几乎忘却过去所有的老师和朋友。

曾几何时，在她眼里，你是那样充满才气，性格是那样质朴、温和、谦逊、低调，那样一副与世无争的样子。人说，时过境迁，人是会变的。那时，她从没想过你会变，她觉得你一直是一个单纯的艺术悟空，单纯得在你的世界里，几乎只剩下风花雪月了。每每与你一起小坐品香茗，谈到琴棋诗书画，你几乎满腹墨香，娓娓道来，令人久久不愿转身离去，有时你不惧自己身体不适，雅兴之余甚而可以陪着她破戒喝两口小酒，于月色下谈古论今。友人们于是玩笑曰你是唐伯虎，戏曰她是小秋香。其实只有你俩自知，那不过是两颗纯纯的顽童之心碰撞碰撞而已。

当你取得成绩的时候，她真的是由衷地为你高兴，默默地祝福你。也包括很多朋友，都真心地为你感到高兴。可是，没想到，现在，你变了，艺术风格也变了，为人处世的风格也变了，变得那样陌生、遥远，那样目空一切，高高在上。几乎所有的朋友现在一提起你，都在摇头，叹息，甚至都不敢和你进行语言交流，怕稍有不慎，哪个字，哪句话，都会引起你听力的不快，产生争执。友人们都觉得和你在一起好累，连说话都感觉累。是啊，也许你自命清高，恃才傲物，觉得不屑与这帮草民交流。在你心里，甚至你会觉得只有你的语言是最精确的，最经典的，他们，我们，都是那样浅薄，苍白，无力，无知，可笑，可悲，令你失望。你是不是觉得大家在忌妒你？故意排斥你？不是的！是你自己从心底开始疏远了大家，疏远了所有曾经关心你、爱护你的朋友，甚至有时候，你竟然会用那样刻薄的语言伤害自己的亲人。当然，亲人或许比朋友更能宽容你，谅解你的怪癖、粗暴、无理、尖酸、挑剔。为什么会是这样？为什么？为什么人不可以淡定从容面对一切的一切？为什么你无法做到宠辱不惊？

关于你，已经越来越远，即使近在咫尺，已相隔千里之外。

别人曾问她，你到哪里去了？她淡然一笑，他啊，不知道。可能随唐僧、八戒、沙僧师徒到西天取经去了。

关于你，曾经令她一度感觉自己的那颗心好痛。即便如此，可她还是默默祝福你飞得更高，看得更远。即使，从此，彼此杳无音信，成为记忆中的两条陌路伸向无尽的荒野，永无交集，她仍然会为你祈祷。

关于《刺》

　　关于《刺》，是于 2006 年完稿的，最初的灵感来自阳台上的一盆芦荟。而后突然想起了一位都市丽人，也联想起了一位熟悉的诗人。他们都是这篇小说男女主人公的原型。以前每次回到成都，经常听到母亲提到那个女人的故事：她事业有成，漂亮能干，却一直独身至今。在光环的背后，隐藏着一段伤痛的感情经历。可叹的是她一直沉浸在那个不属于她的梦里，不知哪天才能从梦中彻底醒来。至于诗人，我试着从另一个角度，通过艺术手法去解读他的内心，但是，我知道自己浅薄的笔墨永远有着很长的一段距离，对两个人物的内心刻画，还远远没有达到自己理想中的深刻标准。另外一点，令我万万没想到的是，小说中提到的"北川"却在 2008 年"5·12"大地震中遭受了惨重破坏，北川宝贵的羌文化资源更是在这场自然灾难中遭到了几乎毁灭性的破坏，让人心痛不已。透过小说关于情感故事的背后，我有时在想，要是那个羌族男人——"岩"，在现实生活里还活着，他该有怎样悲痛欲绝的情怀？当然，我们可以坚信，很多文化遗迹会永远长存于坚强的北川人民心底，也能被中华民族的历史所印证。但我想，我们的责任更在于用不同的方式传承和保护民族文化，寻找民族文化。每个人的力量或轻或重，或多或少，哪怕是彼此间一句轻描淡写的提醒，一个小小的警示，也算是一份微薄的努力。

自"5·12"地震后，在余震中陆续将震前未完成的短篇小说《卓玛的风铃》写完了。虽然这篇小说带着一种完成作协老师布置的家庭作业似的感觉，但还是坚持着把它写完了。至于结果如何，尚需老师们的评析，更需要读者的点评，或认可或否定。当然，自己也一直感觉作品有很多不足之处。纯文学艺术的路极其艰辛，默默跋涉吧，但又不想强求自己去写什么，不想再给自己在工作生活之余增加过多的压力。前段时间，突然告诉老师，我不想写了，身心感觉好疲惫，提笔的力气越来越差劲，想彻底放弃自己的笔了。老师在电话那头的声音好像特别激动批评我了几句。我保持着沉默，不想解释太多。不过我在心里问自己，我真的能做到彻底放弃吗？我曾经是那么热爱它，当我在现实生活里感到孤独无助、脆弱无力的时候，是这些文字给了我慰藉和力量。罢了，顺其自然，当灵感自然来临时，一切都无法阻挡。

博客里的"小家"

前几天，S君为了让自己的"小家"尽量做到图文并茂，增加视觉上的协调感，在网上搜索了一些精美的图片，辛辛苦苦地一一粘贴上去，却怕惹上什么麻烦，只好又删除了。删除后，总感觉"家"缺少些什么，显得空落落的，没有点缀。于是乎昨天便把以前用手机拍下的一些照片粘贴上去，可是因为手机的像素很低，图片效果并不好，很不清晰，感觉不太满意，自己为此也无法抽出精力、花费财力专门出去拍摄理想中的风景照片，实在是心中的一大遗憾。思来想去还是觉得不行，必须得更新一下里面的图片，借用一下网上的图片。小N说S君，哥，您智商太低，别人都在借用网上的图片，为什么您就怕麻烦？真傻。

唉，实在不行，那就只有试试看吧。反正只是想把"小家"稍作装饰一下，显得稍微美观点儿。因为"拮据"，只好暂借一下网上的图片，让朋友们"路过"时的心情好点儿，让自己也感觉温馨点儿。但这会不会惹什么麻烦呢？这个思路会不会选择错了？呵呵，自己的确智商有些偏低吧，管他呢。

很久没有在这里写下一字片语了，S君心情似乎和嬗变的天气一样，时好时坏。春节的假期里，分别回到乡下和城里，所见所闻，所感所悟，统统交织于心，纷乱杂沓。但近期内确知自己始终无法定下神来梳理它们。

客厅电视机前的那两盆仙人掌好像快干枯了，了无生气的样子，上面刻着男女主人的心事，还有心烦意乱。

来到 T 市居住已经是第六个年头了。S 君感觉这是座渗透着"风"与"水"两种灵性相互穿插的城市，有时让心情欣喜，有时让心情倦怠。每年的这个时候，越接近真正的春天，好像天气愈发地难以捉摸，忽冷忽热，尤其阴冷的雨天，更让他的身体感觉甚为不适。直到清明节之后，天空才似乎真正晴朗明丽起来，身心也渐渐随之豁然开朗。

昨下午家里来工人开始修补地震后有些轻微损伤的墙壁。这下，又得开始动手大扫除了，累晕。

窗外阳光明媚，可是 S 君心情却还是如此沉重和郁闷，像一直在压抑着什么东西，让自己喘不过气来的感觉。明天就要上班了，本应该带着快乐和轻松去迎接新的一天，可是弄不明白一股怅然为何挥之不去。

关于Y君

昨天她意外听到了关于 Y 君的好消息，大概从 B 地深造之后，是 Y 君的第二次高飞。

她很想问他，在大洋彼岸，你是否真正感到幸福快乐？她心里却也为之淡淡欣慰；也有坏的，为之轻许惋惜，是与非，对与错，如何辨别？有时想想，为何耳边老是回想关于对 Y 君的褒贬不一？虽然只是默默听着，无法妄加评论。或许从来就没有真正认识过 Y 君，正如 Y 君说的，也许彼此间的距离越来越远。

唉，每个人都有不同的优缺点，学会宽容、淡定地看待一切吧。

赴　约

　　婧给 H 老师打电话时，大约是早上 8 点刚过，H 老师还在成都那边刚上车。婧约好到她单位去。估计 H 老师到 D 市这边时近九十点吧。地震后，文化馆已经搬迁到玫瑰苑那边了，离婧家较远，一路上她步行连坐公交车总算到达了文化馆。

　　门卫保安是个年轻帅气的小伙子。在婧前面的一个民工开着拖拉机被他叫住了，正询问着什么，没听清楚。抬头看见桌上立个牌子，上面写着"来人请登记"，桌面上放着一个做登记的大本子。婧以为他会立马叫住自己去登记，没想到，呵呵，他竟然微笑着放婧过去了。婧心里不由得几分纳闷和侥幸，也许是本人看上去无丝毫"可疑"之处？有趣儿。

　　距上次去交稿子似乎快一年的时间了，婧已经记不清文化馆具体是在楼上的哪间办公室了。婧在玫瑰苑里转悠了好一会，接连问了好几个人。那楼像座迷宫，来回折腾，终于总算看见一个人进了文化馆办公室，跟着上前一打听，得知 H 老师正在里面。H 老师很热情地叫婧进去了。办公室里有些闷热，嘿，工作人员还不少，各自都在忙活着。婧看见 H 老师好像突然一下变高了，呵呵，原来她今天是穿了高跟鞋啊。还记得前年冬天笔会上见到她时，她戴了顶帽子，穿了一件军绿色的休闲棉衣，休闲裤，平底高帮鞋，蛮洒脱的模样。那时她还直夸婧年轻，怨自己已经老了。

婧默想，女人的一生其实是活在自己的心情里的，只要心不老，女人是永远不会觉得自己老的。当时她还给婧简短提到了她有过两次不幸的婚姻。婧能想象和理解这些经历给 H 老师心灵所造成的创伤。虽然婧不知道该用怎样妥帖的语言去安慰她，但婧真心希望她能渐渐走出阴霾，会一天天好起来。尽管如此，婧还是能从她那双明亮的大眼睛里，从她变化并不算很大的身段里，读出她当年的美丽和今日犹存的风韵。

"你变瘦了！这件旗袍挺适合你的，好乖啊，变小了，成小妹妹了！呵呵！" H 老师边说话，边笑着将书和稿费交给婧，"文笔不错，真的。"哦，谢谢老师。婧礼貌地回应着。彼此随意聊了几句，末了，婧将编辑部的电子邮箱记在了书上。忽见她电脑上显现出天仙妹妹的玉照，婧有些惊叹天仙妹妹的美貌。H 老师说这些照片都是她亲自给天仙妹妹照的，最近她还回去参加天仙妹妹的售书签名活动去了，就连天仙妹妹身上穿的那件羌族服装也是她亲自给设计的，蓝色的羌服，上面有着鲜艳的羌绣，让人眼前豁然一亮！艺术之美，人美！美人！

匆匆告别了 H 老师，沿途车辆好多，密密麻麻地穿梭在公路上。

关于K君

　　哦，她睡下了，突然想起K君今天电话里说要来看看，说已经从C市开车到了附近办完事，提议今天天气很好，想请出去吃饭，下午一起喝茶。接到电话的一刹那，居然想不起K的号码了，问对方是谁？K君在那头似乎有些尴尬。兴许她记性越来越差，真的淡忘K这样的朋友了。

　　她即刻寻借口回绝了K君，对K君这已经是第二次了。也许是我不够宽容，老记着K君的不是？也许就是那次K君澳洲之行烙下的伤痕？为什么友谊会如此脆弱？中秋，K君电话说就在楼下，希望能看看。可是，她却强装笑意对K君说，谢谢，不必了，祝开心。K君好像在那头有些苦笑的意味，开心？月饼都送不出去了，你说我能开心吗？

　　她无语了，压了电话。有时，悄悄问自己，为什么那么在乎完美友谊的感觉？为什么？有些浅浅的自责，又有些烦心的感觉。

古城墙·面包·闷葫芦·阳光

——与君邂逅片段

古城很小，小得像一只肝胆俱全的麻雀。

至于古城的那面城墙，在你的记忆里，它永远是灰色的，天空也常常是灰色的，有阳光的时日总是那么短暂、稀缺。而大自然留给古城最奢侈的是风，尤其是来自索桥的风，在这里，风的表情异常丰富，风会微笑，会轻歌曼舞，随着几条河流终年在古城里穿梭流连，使得夏季清凉如冰；风，会沁入你的每一个毛孔，令你神清气爽，甚至感到生命再次重生。初来乍到的人，因为新奇，不知道风在冬季会瞬间变脸，一副冷若冰霜的样子，寒气袭人，仙剑侠客般在每个角落穿越。要感谢发明棉服、羽绒服或者防寒服的智者，让人的肉体貌似拥有了抵挡这冬风寒剑的盔甲装备。

随着时光飞逝，古城墙仿佛成了这座古城里为数不多的一位气质高冷的美剩女，终年立在风里，被风拥抱着。古城的人文历史保护着她，无论哪个季节，她都感觉自己被泡在爱的蜜罐里，满满的都是大自然赋予古墙的爱，游客们抬头仰慕的目光令她无比沉醉。所以当风吹来的时候，她的心像要飞起来了，多少有些飘飘然，多少变得有些"疯"。在她最年轻貌美的时候，她从没想过要去倒追风，只有风跑着主动来追着她玩捉迷藏的游戏。她很高傲，很挑剔，很苛刻，甚至尖酸，但依然逃不出天下公主梦想遇见白马王子的俗套。后来，王子们都畏惧她了，也许是厌倦战争与纷争，他们纷纷逃离，越来越少，最后全都消失在风里了。她伸手一抓，原来只是一个个影子，一场场春梦。而今像她这样的年龄，已不敢再去奢望什么爱情，人们都忙着追风去了，追风寻找更加丰盛的面包，哪怕吃不完把面包扔掉，也还是要去追寻更多的面包。几千年前，曾经的她是一位身材高大魁梧的他——武将，比面包高出很多，现在似乎面包比她要高了，再加上他的肉身蜕变成了美女，那些面包快要淹没她的头颅了。她甚至感觉有点窒息了，可是面包还是越堆越高，人们在雀跃，她却在喘息。她多么渴望有一位骑士可以将自我从面包堆里解救出来，让灵魂恢复自由的呼吸，呼吸那些散着草木香的清新空气。至于爱情，只能顺其自然，让那爱她的人像风一样，自然来临，自然归去。可以是骑士，也可以是别的什么。

时光改变着她的性格，让她变得越来越沉静。她头一低，不经意间眼眸又看见那只辟邪的葫芦，不知哪个朝代的哪位游僧将它当作护身符挂在古墙的脖子上。葫芦吻着她冰凉的胸口，风一吹，葫芦晃来荡去，夜晚各种妖魔再不敢轻易走近她。而有一天突然听见游客在下面形容一个人像"闷葫芦"。这"闷葫芦"乃何许人也？她突发奇想，借了风的魂，化作一位白衣仙子飘进了依依杨柳下一间幽静茶坊，与那"闷葫芦"面对面落座。

"喝什么？""闷葫芦"问她。

"你呢？"她反问道。

"一杯素茶。""闷葫芦"说。

她这才脱口，一杯忘忧草吧。

"闷葫芦"言语很少，眼神时而充满热情，时而游移不定。她不知道他会是一个真诚的倾听者还是一个心灵世界好奇的探子，类似福尔摩斯？但她更愿意竭力把他构想成一位思想独特、气质独特的哲学家、摄影师、诗人或者艺术家。在彼此的烟圈里，她有点迷醉，忍不住倾吐了一些关于被风伤害过的烦恼。冷静下来，她突然感觉一阵恐惧，我这样毫无芥蒂地倾诉是否是一次心灵的极大冒险？哦，天啦，为什么把伤口撕开给一个不甚了解的"闷葫芦"欣赏？是为了博得他的理解？怜悯？也许他就是一名来自传说中剑客的化身，或者是前世被上苍派来寻仇的独孤大侠？越想越可怕，她终于沉默下来了，把压抑已久的陈年故事统统上锁。

"闷葫芦"大部分时候是沉默的，偶尔会附和几句。

她忍不住调转话题，直言道，呵呵，你怎么有点闷，像只"闷葫芦"？外表看起来挺阳光的。内外不一啊？

他有点苦笑的语气，阳光？谁不喜欢阳光？傻子都喜欢对着阳光乐呢。

她一下明白了，"闷葫芦"不是不阳光，他只是把阳光关进了自己的肚里，藏得很深。

薇子与诗人

转眼冬至到了。

一桌子的文人雅士吃了羊肉、喝了羊肉汤，用牙签剔着牙缝儿，酒足饭饱后纷纷散席离去。土房里只剩下薇子与久违的诗人围着炉火聊天。也许薇子喝了一点小酒，脸蛋儿慢慢红起来，脑子热起来，言语就有些狂放起来了，老兄请别多心，刚才你也看到了食客们的现场直播。我不是针对你或者谁谁谁，我只是看到现实中的诗人们大块大块地吃着肉，满嘴吐着脏话，粗俗不堪。屈原在哪里？杜甫在哪里？我心目中的男女诗人，他们的思想和言行应该既脱俗又前卫，但脱俗也非不食人间烟火，前卫并不是没有原则和底线的开放，随性而为。他们应该是高雅，儒雅，真情，才情，可你看看现实中的部分诗人那形象，实在不敢恭维。我认为，小说家可以五味杂陈，诗人应该是碧玉，是纯净水。一个国家，一个民族，如果诗人都被污染了，文字就被毁灭了，因为诗人是语言的引领者，诗人应该是特别干净纯净的文人。别怪我偏执，我可以谅解和宽容小说家的粗俗，却难以理解和包容诗人的粗俗，因为诗人的心最初名为冰清玉洁，那么背离初心意味着什么？啊？才子请你说说看，洗耳恭听。

薇子有些许的醉意了，但舌头还没有完全打架的意思。

诗人缄默地微笑着说，你今晚喝得有点高了，下次这种场合千万注意。

薇子淡笑道，我没醉，清醒着呢。

闺

阁

有

话

绝缘"尸位素餐"

闺密小雅很久没联系了。六月的一天早上，我在办公室打开电脑，习惯性地打开邮箱，看看有没有新的邮件，很意外，看到了小雅写来的一封信：

姐，你知道吗？不怕你笑话，昨晚一直在想阿海，已经到了非常绝望的地步。而身边的这个男人，永远不懂如何去爱他的女人，关注女人灵魂和肉体的统一。每次看到列夫·托尔斯泰的《安娜·卡列尼娜》，看到安娜为爱最后选择卧轨自杀，忍不住流泪！回想此生，还要忍耐到何年？生命里剩下快乐的时光已经很少很少了……一个男人，几十年占着茅坑不拉屎，生理和心理都有问题的男人，长期无法给予女人温暖的生活，长期不懂鱼水之欢，霸占着丈夫的位置，难道就符合婚姻的道德标准吗？耗尽女人的青春和美丽，让女人一天天枯萎，这样的男人值得女人用心去爱吗？这个世界不知还有多少安娜被葬送。他就是这样一个男人，也许我最终会成为安娜。今夜给你这封信的时候，泪眼迷离，周末可能会回去，想一个人和母亲谈谈心，可是谈了又能如何，她永远叫我忍耐，永远无法帮我改变现实。郁闷时，真想一了百了。我知道，也许我真的死了，那些对我好的朋友会难过，因为确实有几个对我比较真诚，喜欢我为人的，可是有什么用呢？谁都无法帮我处理好这件事。他们会震惊我的死亡……他们会说可惜，可是时间久了，也就淡忘了。因为我从未在他们面前，在任何人面前，暴露过自己不幸福的内心世界，除了你，无人知晓。

有一个梦想：如果一直活着，希望有一天你这个闺密能参加我的第二次婚礼，我想此生遇不到一个真正爱我疼我的人，我绝不甘心，死不瞑目。我就是要为爱而生，为爱而死！我相信那个人一定还活在这个世界的某个角落，哪怕他已年逾花甲，七老八十，他也一直在等着我，只是现在缘分还未到。

通过很多事，我总结的，那些长期占着茅坑不拉屎的男人，凭一纸婚约霸占女人几十年的男人才是最无耻的男人，比那些人渣好不了几分，属于婚姻的伪善者！活该被戴绿帽！几十年累加起来，耗尽女人青春的，应该被戴一万顶绿帽！自己身心不健全，有什么理由不主动提出离婚，却霸占着耗着身心健全的妻子，让妻子求生不得，求死不能？！这种男人就不是正常人，是恶鬼投胎来害女人的！

同样，女人也一样，自己身心不健全，占着茅坑不拉屎，损害自己丈夫身心健康的，也不是什么好鸟，活该被老公外遇！总之，在婚姻里，谁不胜任，没有能力扮演好自己的角色，就活该出局，怪不着谁！谁占着茅坑不拉屎，就不配当男女主角！这才是最公平的，最符合真正意义上的道德。和单位工作一样，没有能力干好本职工作的，整天让领导烦心的，就该下课！占着岗位白拿薪水不作为，为什么不该下去？没能力的霸占着岗位，有能力的不能被提拔，都是一个道理！没能力的下去了，并不是领导不讲人情，而是怪自己无能。身心不健全的，不是对方没良心抛弃谁，而是怪自己身心不健全造成的。给不了别人幸福，手里还强捏着一纸婚约作为道德的枷锁，将人锁死，凭什么耽误别人一生一世？这种人才是最坏最自私的人！

现实社会因为人多，粗俗点说，茅坑数量有限，占着茅坑不拉屎的人，耽误着自己的时间丝毫不着急，没有危机感，同时也耗着别人的宝贵时间，被需要正常排便的人从粪坑上一脚踢开，还大喊有冤！哪有这样的伪君子？但凡最最可怕的人就是这一类，一旦不幸遇上，痛苦一生，苦不堪言！无论在家还是在单位，每个人应该做到不要浪费资源，霸占资源。谁浪费谁小人！我们都应该做一个有用的人，从婚姻到工作，我们一定要与"尸位素餐"保持绝缘！

正专注地阅着小雅的邮件，办公桌上的外线电话突然急促地响了，我赶紧关闭邮箱，无暇沉思，即刻投入忙碌的工作中去。谁知一会儿内线电话又响了，其他部门领导 ABCD 的吩咐轮番轰炸，我的每一根头发都快竖起来了，然后一根根相继倒了下去。当务之急，也许在不久的将来，我需要忍痛割舍一个月的薪水，去购置一套逼真而漂亮的假发，才够得上美女的伪称。

月亮的爱情密码（上）

月影婆娑

　　我是一个常年在外写生的女画家，有着情感洁癖症，我的气质和扮相在别人的眼里和嘴里，看似像个迷人的妖精或者仙女，可他们哪里知道，无论外面有多少魔怪或者奇侠诱惑着我，我却一直为男友坚守着自己的那颗痴心。但坚信的东西往往抵不过残酷的现实。那年与相恋长达8年之久的白领男友竟然会彻底拜拜，原因是他经常在他的朋友圈里发着暧昧的图文，表示他是自由的单身飞侠。我一忍再忍，终有一天提出宣告结束。他指责我心胸不够宽广，吃飞醋绑架爱情何苦来哉？我苦笑说，你要找的是一片大海，对不起，我只是一个普通的小女人，达不到海洋的宽度和深度，你高估我的容量了。他低头无语，转身离开。我没有挽留，他也无意继续。这些年，我们身处异地，聚少离多，原以为两颗心可以海枯石烂，但还是没能熬过时光的考验，最后还原为一个孩子们心中的童话和俗人们饭后茶余的笑话。在彻夜难眠之后的第二天，我擦干眼泪，毫不犹豫地背起画具，整装出发，去了云南某古镇。

风景中的女人

　　我住在一家"月亮客栈"用画笔耍魔术：我把所有的伤感、孤独和寂寞变戏法似的揉进了画笔，再落到乳白色的宣纸上去，可以让它们结出灿烂的果子，让它们化为小桥流水，鸟语花香，世外桃源，璀璨星月，然后自我陶醉地沉浸于斯，忘却一切。画累的时候，沏一杯清茶，放上悠扬的排箫曲，点燃一支细细的香烟，从红唇里吐出一圈圈飘逸的灰蓝色精灵，倚着窗边静静欣赏街景，尽管心脏像被掏了一个空洞，还挂着一些血丝，痛感几近麻木，无神的目光却忍不住开始漫无目的地放逐：我时常看见一个流浪的女艺人，背着一把木吉他，来回穿梭在古镇的小街上，她喜欢倾听年长的老人反复赘述《山海经》《楚辞》《淮南子》古籍中的月亮，在布依族、赫哲族、高山族里捕捉着少数民族的月亮神话；从西方留学归来的女青年，甚至从古希腊神话中去寻找月亮……她们坐在屋檐下编织着月亮不同的故事：有说月亮里住着孤独的嫦娥和玉兔，一直等待着与她的丈夫后羿团圆，却终年未果；也说汉代吴刚永远在那里默默地砍着桂树，遭受着天神永无止境的惩罚；还说月亮是吉卜赛女人的孩子，在月圆时快乐，在月缺时哭泣。

　　女房东告诉我，她丈夫因病去世多年，丈夫没有生育，但她从不在乎。她原以为他俩感情一直很好，死后才偶然发现丈夫在日记本里记录着他过去一直难以忘怀的初恋情人，并且经常默默思念着对方，而对方早已对他一无所知。女房东捧着那日记本的时候，手一直颤抖，感觉老天爷都在嘲笑她这个被蒙在鼓里的傻女人，这么多年她专一地爱着丈夫，而这个与他朝夕相处的男人，耳鬓厮磨，直到死，心里却还住着另外一个女人。她不知是自己心里该永远去祭奠他还是永远去憎恨他，一切都失去了意义。她说她不知道为何自己一生的挚爱竟会如此"欺骗"自己，要是他活着她一定要质问他个明白。我递给她一支烟，并给她点燃说，执念有时会伤害自己，有时糊涂才会幸福。她深深地吸了一口烟雾说，她有感情洁癖症，无法装糊涂，余生只想在每个夜晚守着属于自己的那轮残月。我轻叹一声，其实女人大部分都患有这个洁癖症，自我受虐受伤不值当。她好像并没有在意我说的话，依然沉浸在她臆想的梦里，喃喃自语。不知道每个女人心里是否都住着一轮月亮，上面一定刻满了密密麻麻的字母，那应该是属于女人的爱情密码，但唯有女人心才能去解密。

来自神湖边的呓语

打开慧慧的相册首页，我看见这个赤脚站在神湖边虔诚祈祷的女人，她窈窕的倩影与身上的一袭白色连衣裙堪称绝配，如倒映在湖面上的一朵白云。

慧慧是我高中时期的闺密，大家都不知她已入不惑之年为何至今一直单身。谁也不敢多问，包括我，谁多问，她会跟谁猴急。

令我意外的是，有一次她在生日当天突因重病住院，当时只有我抽空去照顾她。术后，待身体稍稍康复，也许是她压抑太久，实在忍不住终于向我开启心锁。她的声音有些微弱，小月，你知道，我从小离开父母一个人在这座城市里，早已习惯独来独往地工作和生活。在老同学里，我最信任的只有你。这几天，我特别想给一个叫多杰的男人写几封信聊聊。

多杰？怎么从未听你提起过？我诧异地盯着她那张清秀而苍白的脸，起身随即拉开淡绿色的窗帘，一缕淡淡的晨光正好透进病房来，映衬着室内这个白色的世界。有两点微光在她的眼神里闪动着，游离似的移向窗外。

没事，听我慢慢讲完你就明白了。你瞧我现在这副模样，连手指敲击键盘的力气都没有。我想请你替我写几封电子邮件发给他。你我姐妹之交，就当是你送给我的一份生日礼物。人生总是充满太多的变数，也许，此生我将孤独终老。

我不知她一时为何如此伤感，我也无意出卖别人的任何隐私，只是遵从一个女人真实的心愿，也许她或她女友的一些独白已折射出都市里某群女人的心声。

致你（一）

多杰：你好！

知道吗？你说过叫我安静，不要胡思乱想，可昨晚还是又做梦了。梦里有一滴泪落入那片宝蓝色的神湖——纳木错湖，湖面上溅起细珠般的水花。水珠轻吻着那些围绕湖畔的格桑花，粉色，白色，星星点点，花儿们在风中轻轻摇曳，绽出神秘的笑靥。过了些时候，一个陌生的灵魂出现在湖边，格桑花们窃窃私语，说它灰蒙蒙的，像是被雾霾污染了。我多么期待立马俯身下去用圣水洗涤那灵魂，可是，神湖的水是圣洁的，俗人不能有丝毫的玷污。于是，我打消此念，虚幻着肉身变得越来越轻，飘到湖泊的上空，化为一朵自由的白云。因为只有白云可以睁开纯净的明眸去凝视神湖。

湖边可真热闹，一个天籁里的动物世界：野牛、藏羚羊悠闲食草，来回踱步；野鸭们在湖面上欢快地戏逐，自由滑翔；野颈鹤迈着优雅的舞步，一步一回眸。戴着藏戏面具的藏族小伙子与戴着京剧脸谱面具的汉族少女正手牵着手，围着湖边歌舞，他俩的笑声在湖泊的上空回荡。然后两人互换彼此的面具各自戴上，追逐着，如同两只嬉戏的白天鹅。多杰，我记得你曾经告诉过我关于这里的传说：遥古时代，美丽的圣水纳木错湖与湖畔的圣山念青唐古拉山是一对生死相依的恋人。当年，文成公主进藏时，松赞干布在这儿举行了隆重浩大的欢迎仪式。松赞干布发誓自己要像念青唐古拉山捍卫纳木错湖的忠贞恋情一样，与文成公主永结同心。还有一则神话故事，相传纳木错乃天湖女神，是帝释之女，她和念青唐古拉山是一对痴心相恋的情人。3世纪末4世纪初，由于地壳运动凹陷后形成纳木错湖，从此两位情侣天各一方，世代遥望。这个天长地久的爱情故事不知感动了多少到访的客人。所以前来纳木错湖朝圣的善男信女络绎不绝，他们到了湖边会沿着扎西半岛转经，以求获得爱的正果。据说绕扎西半岛转7圈可视为绕湖一周。

多杰，我特别喜欢纳木错湖边的石头，那次离开神湖时，本想带走一块小石头作为纪念。你说当地人很忌讳拿走属于神湖的任何东西，尽管那些石头是朝圣者垒起来的。他们把信仰附着在石头上，把自己的魂灵一并交给了神湖。

风景中的女人

　　昨晚我后来坐在神湖边独自沉思。未承想远处传来一阵马蹄声。你骑着骏马，好英武的模样，从那些飘扬着的花花绿绿的风马旗下驰骋而去，我大声呼唤你停下，但你似乎没有听见。于是我径直踏上虔诚的朝拜者之路，沿途上那曲去找你。可等我到了目的地，你的神情却淡漠至极，视我为陌路一般。我失望地转身离去，独自呓语着，连自己都听不清楚到底在说些什么。我淋着大雨，瑟缩着单薄的身子走了……雨很大，我蜷缩在一墙角里，又冷又饿，病倒了。不知什么时候，你竟然来了，把我抱了回去……梦醒后，我已记不清发生了什么。

　　多杰，原谅我的思绪如此混乱，絮絮叨叨，如此跳跃。说实话，最近心情很糟，身体总感困乏。我在外面工作上承受任何压力都不怕，遇到再坏的人，也不怕，唯独害怕的是亲情反目无常，连交流和说话都变得如此困难，让人心累。

　　室外又开始降温了，我真想埋怨一句，这鬼天气！可我知道神湖听见了一定会不开心，你听见了也不会开心。所以，我必须得把怨言吞回去。

　　前些日子把发给你的第六封信删除掉，因为我总爱说废话，怕你厌倦，我只能压抑着。照片上的人，只是过眼云烟，没有任何意义。但还是按你的要求发进了邮箱，下次看了，请你将它们及时删除，好吗？每次删了又发，发了又删，循环的纠结一直搅扰着脑海。

　　有时陷入沉思：我们所有的人，其实都应该感谢生活，它给予了我们很多，包括磨难、幸福、痛苦甚至伤害……回想过去，我们曾给予了他人很多的情与爱，得到的却是深深的伤害。无数次的压抑和忍耐……到后来，生活渐渐把我们也变成了剑客，命运轮回似的演绎，我们不知不觉有时竟也成了伤害了他人的人。所以，有时好想停止这种没有硝烟的战争，结束伤害与被伤害，只想让心灵保持宁静。

所有人都在承受岁月的煎熬。日子一天天过去，一切终将渐行渐远。

还记得去年冬季，你从拉萨自驾一辆越野车，整整开了两天两夜赶回来办事。傍晚，你来电话说马上开车过来，会一直停在小区路边等我。我满以为你说的只是玩笑话。当我从屋子的窗户往外探望，果然看见你的车，然后我给你发短信说我看见你了。你居然从车窗里伸出一只手臂，朝我挥动了一下。当时我真想笑，隔得那么远，楼层那么高，没想到你坐在车里居然还能看见我。上车后，你把车直接开到了城外一僻静之地。你说这次回来，开车时间过长，右脚肿痛，加上痛风发作，非常难受，但你依然坚持着安全地开回来了。看见你那样，我也心疼，下次回老家我将不惜一切代价恳求大伯把治疗痛风的秘方拿给你。

天色已黑，我们想到路边坡下的河边去走走。坡有些陡，堆满乱石。我身着白色长裙，穿的高跟鞋根本无法走动，你一把将我抱了下去，你说我的身体好轻巧，像西藏天空中的一片云朵。在河边，我们相偎而坐，谁也不用多说什么，就这样已经足够了。对岸闪烁的灯火，如同我们的心语心辉。

多杰，还记得吗？上次你说西藏最隆重的是雪顿节，还说叫我明年去体验一下节日的氛围。那边的藏民族一般是不过中

秋节的，但我没想到你居然可以作诗，并且在中秋之夜的那曲
为我写下这首诗，至今我还将它一直保存在自己的手机里：

> 半池秋荷风吹凉，
> 叶枯花谢欲断肠。
> 寄语相思明月照，
> 婵娟依旧爱荷塘。

我不知道爱情在心中何时枯萎，只是感觉它绽放的瞬间如
烟花般美丽。那些瞬间在记忆深处定格，即使永远成为昨天，
也值得我魂牵梦萦一生。多杰，尽管时时有一种隐隐的预感在
鞭打着我的心，疼得些许麻木，即使今生也许我们只能遥遥相
望。

多杰，我本生性如一只快乐的小鸟，最近却感觉越来越压
抑，想大声地笑，不能，得笑不露齿；想大声地哭，不能，得
泣而无声；想大声地说，不能，得言而无音；想欢乐地蹦，不
能，得鸦雀无声。空气凝固，憋；笼子关门，闷！关键是这团
空气还没有人身自由，处于隔离状态。与人接触，还得戴好面
具和防护罩，呼吸不憋屈才怪。

压抑至极时，我恨不得立马变成一个大头娃娃或者一个铁
榔头，一头砸碎这锁住我身心的鸟笼子，哪怕碰得头破血流也
痛快；抑或让我的肉体和灵魂随时关进疯人院，或随时准备停
止呼吸，变成一具木乃伊或者冰雕，倒也安然了。

有时对你难免有些生气。那年你从军校毕业，自己主动要

求分配到西藏军区医院工作，本来我已托亲戚帮你联系好内地医院。你却说你特别喜欢西藏和西藏人，无论那里多艰苦，你都不会畏惧。我能理解，因为西藏是你炽恋的故乡。

你在我面前时，常自嘲举止粗鲁，毫无小资情调，戏曰自己是一块老土，是一团牛粪。可没有办法，我偏偏就喜欢你这老土，喜欢对你这团牛粪掏心掏肺。但是，多杰，你要记住：无论我有多么喜欢你，爱你，我绝不允许自己扮演快餐面的角色，也绝不允许自己的心去品尝过期变质的快餐面，哪怕精神饥渴，甚至被饿死，也不吃变质的东西。人和动物，应该都有骨气才行。我很珍爱我的心。一盒变质食品，只能扔进垃圾桶里去。虽然精神洁癖也许是一种病态，但这是我养心的底线和原则。

内地评书人李伯清有段话曾令我感触，他说：一般而言，人和动物都是讲感情的。一条狗被主人养了几天，主人也舍不得把它丢弃了；一块石头被人抱上床，被焐热了，人也会对石头产生感情。何况人与人。

最近有一故事：一个女人独自安静地走在路上，这时有一个熟悉的男人开车路过。平时这男人虽然惯于随心所欲，但即使碰上熟人也不太喜欢停车载人。可能这天他有些无聊，他停车伸出头对女人微笑打招呼："上来吧，顺路。"女人平时没有随便搭车的习惯，但因是熟人好意，出于礼貌，女人便上车了。三分钟后，男人突然踩住刹车，冷不丁地对女人说："下车！"女人一下就蒙了，随即下车。男人疾驰而去。女人呆立路边，她后悔的是早知如此，自己真不该理睬那人，不如不上车。一个人清闲自在，上车后反而被那男人戏弄的感觉。美好的心情和宁静全被他打破了。她方才恍悟：那男人其实骨子里就是一个玩家。女人心里冷笑道，玩儿吧，任何自作聪明的玩儿都不过是一种把戏。玩得了一时，玩不了一世。戏弄他人之人，终将被他人戏弄。

多杰，我知道你永远不可能是这样的男人，但我还是有些不安。那边的藏族女人健康又美丽，不定哪天你就不再喜欢我这个傻女人了。也许看到这里你又要说我在胡言乱语。可是，相隔雪域那么遥远，我在内地这边有时忍不住就会想你，把心想成一团乱麻，解也解不开。原谅我那颗淘气的心吧，每次听到你的声音，它总是扑通扑通乱跳。而长时间听不到，它难免黯然神伤。

致你（二）

多杰，今天天空阳光灿烂，心里却一片寒意。依然没有你的消息，尽管 3 月 6 日那天通了信息，你再也没有任何动静了。短短几天，就像是几个月、几年杳无音信的感觉。心里好空，好失落。有几次很想抽空去拨你的号，或者那个卫星电话号码，还是犹豫了，不知究竟该怎么办才好。是不是你生病了？还是医疗巡诊太忙？还是出什么事了？还是你变了，忘了？我真的不知道该如何是好，心里好多年没有这样强烈地去思念、担忧、在乎一个人。这些天上班，明显感觉到情绪非常低落，甚至有些烦躁不安。

神湖，告诉我，我该怎么办？如何才能挣脱这种思念的折磨和煎熬？除了一个人关在屋子里悄悄吸烟宣泄，真的不知道该怎么解脱出来，郁闷得要死。

午休，无意中在网上漫无目的地搜索，终于找到你在那曲雪地里忙碌的一点点踪迹……也许，你真的是太忙太累了，无暇无力再想起远方的我？抑或是索性趁此繁忙将我忘记？男人的本性使然？否则女人为何那样总结评价天下大部分男人的通病？而爱情，往往使女人明知故犯，智商为零，我还是难逃这个傻瓜的共性。不过，努力地在心里告诫自己：随你吧，别去打扰你，更不想让你觉得我有一丝一毫的犯贱。既然你不给我打电话，就说明你已经冷却了，变了。即使有一天你突然想起联系我，那也是你内心感到寂寞空虚了，也许那时你会一再解释，说那边没有正常的信号，无法与我取得联系，等等。随你怎么自圆其说好了。男人就是那样的动物，时冷时热。我何苦这样犯傻难受，自己折磨自己，又何苦痴恋于你？就此两相忘，公平！永远不要给你打电话，等这个号码的话费用完了，就换个手机号。从你的世界彻底消失！

后来的某天，你终于来电话，说在巡诊途中，身上带的手机不知在哪里丢失了。冰天雪地，每天大家都往返于藏民家忙活着，所以一直没法与我取得联系。因那边的一个村落位于藏区最偏僻的位置，没有任何信号，心里难受极了，但只能忍着。好不容易辗转回条件稍好一些的地点将原手机号保存下来，重新买了一部新手机，还只能到离开那个偏僻地带时才能正常使用。

一直在盼望着，盼望着为了我，你会赶回来与我过一个汉族人的中秋节。那天没想到你在电话里毫不犹豫地答应了。我想象着自己到时候，在接到你电话的一刹那，一定欣喜若狂。你会带给我一条洁白的哈达，要我好好珍藏，你说那是藏民的诚挚心愿，它赐予好人一生安康吉祥。

我就这样盼望着，盼望着把切好的月饼塞进你嘴里，而我可以像一轮圆月一头钻进你温暖的怀里。

致你（三）

多杰，自从得知你按照我大伯的痛风药方将你的痛风彻底治愈后，我真的替你开心！你为了给藏民们治病，经常开车往返于冰天雪地里的村落，这样也就让我感觉安全踏实了许多。昨天，我打开邮箱，没有你的书信，却意外收到梅朵的信了。你知道的，他们小两口都是知识分子，二十多年前梅朵从民族大学的医学专业毕业后，被分配到若尔盖草原一家医院工作，有时得值夜班。她老公是汉族，理工大学毕业后分配在一家公司搞设计工作。本来两人在若尔盖工作得好好的。几年后，梅朵的老公见着别人在外面下海，他非要闹着离开原单位，带着五岁的儿子来到一座陌生城市发展。梅朵不想两地分居，拗不过他，就信了他，随了他心愿，跟着他一起离开了草原，在城里应聘找到各自的工作。梅朵以为他真的会拿出信心和勇气为这个小家去打拼。儿子一天天长大，读书也很刻苦，成绩总是班上名列前茅。梅朵每天拼命地努力工作。可谁知，到了一个新环境，随着时间的推移，她老公安于现状的惰性原形毕露，大事小事总是依赖梅朵去解决。梅朵很失望，向我倾吐了她的烦恼。在此让你看看也无妨，原文如下：

慧，趁儿子不在家，昨晚饭后我狠狠痛斥了他一顿。怨妇般的我只想把憋闷在内心的苦向你倾诉：

慧，我只欣赏两种男人：一种是事业型，一种是家庭型。虽然这两种不同类型的男人各有利弊，在此我不必多说，你我身为女人都明白。可他呢，将他归属于哪类都不成，因为他除了上班，业余就是麻将，长期和我缺乏共同语言，缺乏思想交流，情感淡漠。不好学，不看书也不看报，无趣至极何言情商？只有麻将、烟酒能让他感到快乐和充满激情。你想想看，夫妻彼此生活几十年了，他对我都长期不会用语言交流和沟通，又怎么和他的上司沟通？我能谅解他，包容他，因为我是他的妻子。可外人会谅解他吗？外人只会阴险地收拾他！面对这一系列问题，他非常固执，我也无数次苦口婆心告诫过他，可他觉得我说的都是废话，依然我行我素。我无法手把手去教他，教他如何学会与人相处，如何察言观色，随机应变，教他如何应对复杂的人际关系，这些都得靠自己的悟性。

嫁给他这么多年，我没有享过他的什么福，跟他受苦受累的日子倒不少，这些我都认了，这是我的命。但如果一个男人，巨婴般只知长期从自己的妻子那里索取，视别人的付出为理所当然，不知分担。我相信这个世界，没有一个女人愿意嫁给这样的男人。有时我甚至感觉，我和小狗豆豆在一起相处，都比跟他在一起相处快乐。男人不是把女人弄上床，娶到手了，就摆起老爷架子，等老婆伺候的。关怀和关爱都是相互的！一个家庭，不是哪个天生就该做，哪个就不该做，需要彼此的理解和体贴！一个人再好，始终无法单独搞好家庭，必须两人齐心才行！这些年来，每天一下班，我就边走边买菜，提回家，放下东西，连歇气的工夫都没有，一头钻进厨房。等他一到家，我便马上给他端上热乎乎的饭菜。你知道，城里竞争激烈，很多医院的医生加班简直就是一种常态。上司是异性，妻子加班，他也对此吃醋。谁没事儿想加班？可那由得了我吗？每次加班疲惫的时候，他主动替我分担了多少家务？回想孩子才两岁的时候，他更是麻将通宵不归，那时，我在单位上完深夜班回到家，孩子一个人睡醒后吓哭了，小脸蛋儿紧贴着关好的玻璃窗户叫妈妈，可他却还在外面麻将声声。为此我们吵了多少架？闹了多少次离婚？他一再说要改正。为了孩子的成长，为了有一个完整的家，我一直忍耐他那样。外面我撑着，家里我也撑着，我究竟需要自己拥有多么宽阔的肩膀和魁梧的身体去硬撑？他关心过多少？问候过我几句？现在我已不是当年二三十岁的身体，加班熬夜后会连续几天都感觉疲倦不堪。可是回到家，还得做饭，打扫卫生，洗衣服，站久了，背部酸痛、腰部坠胀，咬牙硬撑着，身心特别烦躁。有时，哪怕只是一句简单的问候，或者关心，我都会感觉一丝丝欣慰。但是，他有吗？长期以来，我觉得他找的不是一个妻子，而是一个随时关心他的母亲，生活上把他像呵护婴儿一样去呵护，今天天冷了，注意加衣服，别弄感冒了，明天他哪里不舒服，我忙去找药买药，要洗澡了，换这件还是那件……哦，慧，他让我太累了！我真是受够了！撕开他的面具，他有时居然还要骂脏话，维系他的尊严。他这样的男人还有尊严吗？难道我没有和他讲很多道理吗？可是没用，他过不了几天就会反弹，又回归到他的老毛病去了：在家里，做事懒散，拖沓，不爱卫生，除了睡懒觉，抽烟，喝酒，麻将，他还能做什么？今天累，我忍了，明天累，我还是忍了，没事，我做，像老妈子一直做下去……一年年，一月月，我就是一直日积月累在心里压抑着，等我实在忍受不了了，我就会火山爆发。在他面前，我已无法温柔，他接受不了文明，只有那些刁妇粗俗的语言，可以驾驭他那张厚颜。他把我彻底变成了一个非我，把我的身心给毁了。慧，你说我该怎么办？有时难过的时候，我连死的心都有了。

面对我的数落。他无言以对，惯常如此态度，看似憨厚老实，其实，冥顽不化，没两天，一切照旧，懒散照旧。

上次我母亲过生日，回到重庆。因为时间有限，我当夜叫筱灵灵（我的小学同学）他们开车送我们过去看看灵灵的工作室。其实，我的主要目的是用实例教育启发我女儿杏子的思想。筱灵灵久居都市，虽然难免染有城里人身上的一些毛病，但在个人能力上还是一个值得我们学习的榜样：工作室里的每一样物件，都是经过她精心设计的。装修风格，包括她个人的书画作品，无不充满文化气息。灵灵因从小患有小儿麻痹后遗症，腿脚不太方便，在装修期间，每天还跑上跑下去忙活。她老公十足一个大男子主义者，一个只知道挣钱和游玩的商人，装修的整个过程和每个环节，他都不曾抽空去看一眼或去料理一下，可他能从经济上支持老婆去干，放心大胆让老婆去做，总还算占一优点吧？

写字楼看似普通，但在我眼里，它是一种代表城市商业化进程的标志性建筑。我相信，任何一座发达的城市，无论是一线城市，还是二线城市，都不能没有写字楼这样的建筑，在写字楼里办公的白领，应该是很多年轻人所渴慕和向往的角色。

当我走进万达广场，站在这幢高大的写字楼里，透过落地飘窗，去俯视万家灯火阑珊，心中真的非常感慨！据说看着筱灵灵把一间并不算大的工作室装修得如此温馨雅致，她老公居然跑到工作室里的卧室，安安静静享受了好几天……我告诉杏子，应该向筱姨学习，学习别人的长处。筱姨能走到今天，也是很不容易的。杏子听话地点点头，我希望她以后会把筱姨当成一个学习的模范。

多杰，看到梅朵这样的心境，我真的恐婚，我怕！很怕！因为我的确不知道走进婚姻究竟是走进天堂还是走进地狱。你知道，其实我内心曾经多么渴望有一天，我们彼此能相拥在蓝色的纳木错湖畔，手牵手共度余生。可我现在还是有些怯懦了，我的心里很乱很乱，尽管你说你需要我，不能离开我。多杰，请不要责怪我是胆小鬼。当然，我知道你和梅朵的老公截然相反，你一直就是一个事业心很重的男人，家里大事小事都是你操心，前任病妻根本无力去处理。

关于你女儿拉小提琴获奖之事，衷心为你高兴！现在学各种琴的孩子很多，有各种爱好的也很多，家长也竭力培养，但真正能取得好成绩的并不多见，甚至凤毛麟角。这不仅需要家长投入大量的精力、财力、物力去支持，更需要孩子对音乐艺术有一定的天赋，有的学了一辈子，可能琴艺都没有提高，更别说取得令人可喜的成绩。应该说，孩子所取得的成绩，包含着你们的付出和她自身的努力与天赋。希望孩子再接再厉，为以后的人生奠定坚实的目标。

多杰，如果可以，请你渐渐把我忘了吧。我知道我们之间已经重复着无数次这样的话题了。不要再来找我，好吗？好好照顾你前任病妻，照顾好你的女儿。

放心吧，多杰，我会一直珍藏你在神湖边给我拍的那张照片。我会努力工作，好好生活。我相信神湖一定会让我们彼此都静一静，神湖也会保佑每个好人！多年后的一天，也许我会再去朝拜神湖，即使那时我已化为湖上一朵虔诚的云。

保重！多杰，扎西德勒！

月亮的爱情密码（下）

夜呢喃

我叫秦璐玻，在一家杂志社做编辑。大约八月份某个周末的夜晚，刚好我新婚宴尔的老公出差了。女文友田馨在市财政局上班，业余却特别爱好文学，经常爱发表一些诗歌散文作品，还会弹古筝。她非要叫我在她家留宿，叫我陪陪她。其实那晚我俩并没聊太多的话题，好像无非是一些关于工作同事间的趣闻八卦之类。那天，她在家学着做了一点西餐，倒上两杯红酒，我俩彼此干杯后，她执意又给自己的杯子倒了不少，我拦也拦不住。见她有些微醉，说话舌头也打起架来了，我便把她扶回卧室休息。我知道她心里为感情的事，多少还有些纠结。爱情和婚姻对于一个女人而言，如同两杯不同口味的红酒，外观透着魔媚的色泽，进入红唇，缓缓散出诱人的醇香，一股涩涩的口感，个中滋味，千差万别。而酒量的把握因人而异，饮用过度，则可以后醉得一塌糊涂，酒醒，则悔量不迭。

我这人向来好像离开自己的小窝，换个地方，总是容易失眠。而她却在我身旁熟睡着。

　　元旦前夕，面容憔悴的田馨告诉我，自从十年前离异后，对方把儿子也带去了国外，因为想到儿子未来的前途，她忍痛没有去争夺孩子的抚养权。她以为自己今生今世不会再爱上任何一个男人。然而，后来一个有家室的男人却突然闯进了她的生活，彻底打破了她的宁静。但随着时间的推移，那个只能给予她柏拉图式爱情的男人，让她陷入精神折磨的男人，渐渐让她心死了。她说愚蠢的她，要是早知道理论联系实际，她就不会陷进去了。正因自己从未估算过他爱的纯净度能达到多少百分比，那时，智商为零的她满眼都是虚幻中的爱情。我开玩笑说，真不愧是财务工作者，用数字百分比的惯性都能用到感情上了。她说，这些年，自己天天和数字打交道，却犯了一个超低级的错误，一直忽视了"数字"这个老师，对它视若无睹，以为它和文字相比，俨然就是个哑巴，一个索然无味的木偶。它虽然不是万能的，但有时它其实就是理智之一，走近婚姻，很多地方都需要数字来考验，柴米油盐更是如此。文字有时让我感觉进入梦幻，而数字则让我学会清醒。因为我们这个数字年龄阶段的女人已经输不起了。

　　事情往往出人意料，有时文字却不可阻挡地战胜了数字。

　　后来她告诉我，最离奇的是，有一次她请休假独自去和顺古镇游玩，居然在一家客栈里碰见了一个叫郁文祥的熟人。当时他独自背个相机，自驾旅行。她做梦也没想到，那时，二人四目相对，除了惊异地盯着对方，便是失声大笑，地球真小！两人当晚去了一家咖啡屋，畅谈了很多。其实，他们二十多岁时在一个朋友家中聚会就认识，但因异地，后来一直没有任何交往，彼此的世界也从无交集。没想到的是，二十多年后的现在，他们却意外相逢在异乡的客栈，相逢在异乡的旅途中。

更令我吃惊的是，理智的田馨竟然在此别后，居然一发不可收地爱上了郁文祥。她说，那段低谷期，是文祥帮助让她走出了困境，开导她走出痛苦的精神折磨，渐渐地，她几乎真的把那个"柏拉图"男人从心底里抹去了。她并没有告诉文祥关于她和"柏拉图"男人之间的故事，因为她不想文祥背负任何的思想负担，心生芥蒂。他只知道她心里压着很重的心事，但不强求她倾泻。甚至他还送给她一些动漫有趣的图书，开导她，让她快乐。田馨说她并不介意文祥的过去，因为在他们彼此走近之前，彼此的故事具有独立性，应该彼此尊重各自过去的情史。我曾告诫过她，你是学经济的，比我更懂资本运营。也许用投资来形容感情太俗，可现实就摆在那里：异地恋是一项高投入、高风险的情感投资，一旦失败，身心、物质、时间都会损失惨重。异地恋非常折磨人，极易产生变故。她说，璐玻，我真的没办法，这就是我的宿命，我已经无可救药地爱上了文祥。她告诉了我很多心里话，经常对我倾诉对郁文祥的思念。

（1）初见文祥

去年6月，郁文祥曾给我打来两次电话，他在离春江市100多公里外的S市一个婚庆公司当合伙人，另外还兼职一家旅行杂志社的摄影师。有时他周末经常开车回春江市他父亲家暂住一下。问我周末有没有空出去玩，拍照。尽管多年前，在一个朋友家偶然碰见过一两次，但只是彼此微笑一下而已，从未有过语言上的任何交流。我想现在两人见面肯定也没什么可聊的，便婉言谢绝了。

昨下午突然接到文祥的电话，问我有空没，想约我出去玩，不巧我又有事情忙，给回绝了。这大概已经是他第三次约我，我一直没空和他见面。挂断电话后，思前想后，又觉不妥，会被人家误会清高傲骄，觉得还是去见一见好一些。晚饭后，天已黑，他开车来附近接我，我们一同去了靠河边的一家茶铺里。各自坐下后，谈了一些话题，关于工作，生活，爱情……他的身材瘦高，笔挺挺的，举手投足间颇有几分洒脱的艺术气质，只是脸上皱纹不少，眼睛细眯眯的，小光头，牙齿被烟熏得发黑，门牙好像掉了一两颗，笑起来的时候，傻傻的样子挺有趣。他告诉我，他离过两次婚，没有孩子，曾经当过几年基层公务员，工作实在太心酸，无论严寒酷暑还是白天黑夜，都要走村串户，到村民家敲门收税，遭冷眼，肚子经常是饱一顿饿一顿。他现在的胃溃疡就是当年留下的后遗症。因为他根本没时间陪伴漂亮的妻子，妻子后来怀孕流产了，对他心生怨气，时间一长，两人隔阂加深，走向了分手。再后来，他辞职另谋出路，和几个爱好摄影的朋友贷款组建了一个婚庆公司兼婚纱摄影，公司渐渐越来越红火，他便另组了一个家庭。也许因为他是搞艺术的，潜意识总是属于外貌协会的审美观，依然只注重对方的外表，很可惜外表过于漂亮的女人大多靠不住，妻子傍上大款，背叛了他。他再次离异。如今他快50岁了，还是单身。

说真的，和他见面不过几次，了解不多，但直觉告诉我，他不是一个坏人。他说我应该放开，让自己活得快乐，有空到处去旅游，而且选择权在我自己，还说我有权利选择自己的生活。虽然看起来我是单身，很自由，但自从父亲去世后，哥哥嫂子以他们经济条件差为由，把年迈的母亲交给我照顾，母亲身体不好，就只有我这么一个亲生女儿，我不能只顾自己到处去玩儿。除了工作，我得买菜做饭做家务，这些都是一个子女应尽的责任和孝道。再说自己也慢慢老了，别的也不敢去多想了。我建议他应该找一个很年轻的女人，过一种舒心的生活，简单，温馨，浪漫，把平凡的日子经营得很有情趣。但他说他已经体验过那种年轻女人的滋味，不需要了。他觉得成熟的女人更懂生活。我说，总之男人最好不要找年龄大的女人，因为女人比男人衰老得快，否则后面生理上容易出问题。他不太认可我的这些观点，最后我们也就不好再多说什么了。临近11点半，他开车把我送回家，我向他道谢，他说不用这么客气。但我想，礼貌是应该的。

有一天晚上，突然感觉有些无聊，也有些寂寞，便给文祥发了一条信息过去，问他睡没，他居然回信说他在卫生间用手机上网，我简直晕掉了。我不知道曾经的他两次失败的婚姻是不是因为他过分沉浸于这些，或是别的什么，总之一个巴掌拍不响。不能天真地听他一面之词。

某日，我告诉文祥，心灵的舌尖似乎有些麻木了，而一旦患上麻木症，便易形成难以治愈的慢性病。

文祥说他可以帮我医治，我戏谑他莫做庸医。心病还须心药治，他怎知他不是我的心药，又如何能根治我心病？无论文祥给我指点分享微信里哪份"佳肴"，我似乎已经感受不到任何的美味了。但潜意识里，我似乎期待着这个男人真能治好我的心病。

（2）忙完没?

那天在办公室忙完手里的大堆报表，想喘口气，见文祥的QQ头像在，便忍不住给他打过去一些文字：

嘿，忙完没？不好意思，打扰你了吗？这会儿终于忙一段落可以松口气了。倒是感觉好像你变得特别忙了，我还以为你的活儿挺轻松，没想到有时可能比我还"压力山大"……你从来没告诉过我，所以我也不了解你的具体情况。如果感觉很累，我只想对你说，辛苦了！记得多保重自己的身体。

这些天，感觉自己夹在一些人与人的关系中（不是单位上的关系，单位上感觉上上下下相处得比较融洽），包括亲情在内，怎么会那么累？我无论对长辈、同事还是亲朋，特别喜欢周围一团和气的和谐气氛，希望人与人之间能相互包容，多体谅，可是很多事情好像根本不按照我的意愿去形成。我竭力努力，撮合，维系，劝解，夹在人和人之间，特别为难。昨晚我感觉自己快被亲人气得吐血，想和你聊天，可又怕你已休息，或者不方便，会影响你。我又不知该告诉谁，谁值得我特别信任，然后就闷在心里，一直压抑着，非常难受。人是需要朋友的，可是人们都说如今这个世界好像已经没有了真正的友情，也没有真正的爱情，不像过去那些年代。所以，似乎每个人内心都活得很孤独，很戒备，很可怕。是不是我让你反感了？突然不愿意和我交流？如果是这样，对不起，我该闭嘴。也许是我错了，我误以为我们可以成为那种有思想交流的朋友。

对文祥说了如此多，可他毫无反应，也许一直在忙或是不方便回复。我心里一下空落落的，下来后忍不住对着璐玻倾诉道，这段时间自己心情不好，脸上在微笑，心里在难受。两个朋友之间原本好好的，一转身一转眼不知怎么彼此就产生误解了。简直一头雾水，朋友间若是真的能做到直言不讳就不用那么心累了。唉，看来人和人相处太复杂。我只喜欢简单地活着，善良地活着，保持内心孤独的状态，也许挺好，挺安全。

说真的，平时我在单位也是一个闷葫芦，不轻易和谁多说。那段时间可能正好积累的心事特别多，特郁闷，阴霾的氛围一直令人压抑。转瞬以为一束阳光照进内心了，可能忍不住随意多说了一些不该说的话，谁知，唉，以后再也不敢轻易和谁说话了。说话前，一定戴好口罩，只露两只眼睛盯着对方，随对方指定向左向右，天啊，晕，已经被累死了！还不如继续保持独孤，孤独为好，为继续做闷葫芦干杯！

璐玻劝慰我悠着点儿，不要陷得太深。

没想到有一晚，不知怎么文祥竟然在微信里突然和我聊了起来，我不想记恨他的忽冷忽热，只知道和他说话时，我的内心是喜悦的，忍不住又对他说道：

昨晚睡得香吗？谢谢你这两晚陪我聊天，你白天那样辛苦，晚上还耐着性子陪我聊天，谢谢你！而且我知道自己的缺点，在信任的人（不过真正值得我信任的人很少）面前说话，只要话匣子一打开，像泄洪一样，会让你我感觉都很累，我很讨厌自己这样。可能长期在家，在单位，很多话（喜怒哀乐）几乎常常是一个人闷在肚子里。所以，闷久了，像得了抑郁症一样，内心也像疯子一样，所以我又希望你能谅解我这样讨厌的性格。

好了，你忙吧。

本想和你开句玩笑，叫你陪我去永州开会（当然肯定是不可能的事，不说是彼此隔得那么远，就是隔得近又能如何？哪有那么凑巧的时间同行？但潜意识就是喜欢说句玩笑话，感觉会开心一点），因为这次我不想回去住。以往每次去永州开会，我都会住在姑妈家。一个人孤零零的在外面，感觉连个说话的人都没有，我最讨厌这种一个人孤零零在外出差的感觉。其实我内心是一个特幼稚特傻特没出息的人，到哪里都喜欢有一个能陪着说话的熟伴儿，就会感觉不那么孤单害怕了。你说我是不是特傻？几十岁了，还那么幼稚可笑，永远长不大一样，也不想长大长老。

这几天在外面东跑西跑，感觉好疲倦。昨晚给你那几碗鸡汤发完读后感后，听了一首特别好听的草原民谣就睡着了。后半夜醒来，看见你在圈里居然又熬了那么多鸡汤，我一数，天啊，你昨晚居然熬了 12 碗鸡汤。昨晚感觉你好像处于亢奋状态，显然你又熬夜了。还叫别人不要熬夜，自己却不爱惜自己的身体。今天精神不好了吧？

（3）微信心情

一觉醒来，突然看见文祥昨晚 12 点过发来的一则微信，标题是《女人嫁给谁都后悔》，阅罢感觉写得挺有意思。7 点过他又转发来《女人的品位有多高，看看细节就知道》《懂你，何需千言万语》《〈西游记〉的意境极高，真正看懂的人寥寥无几！》，后来又发给我一篇《诗词版心灵鸡汤，读过才知什么叫口舌生香！》。我心里一怔，便回他微信了：

我：周末不睡懒觉？这么早就起来了？我一个人还窝在被子里。估计你是烟瘾发作了，睡不着，所以早起吸烟，沏茶。昨晚打了两个电话之后，心情简直糟糕透顶。一口气抽了好几支烟，今早醒来感觉喉咙里难受极了，简直像是自虐。

文祥：把别人忘掉，把我装进你心里！引用他人说过的话，"一辈子真的好短，有多少人说好了要过一辈子，可走着走着只剩下了曾经。所以活着有爱就认真地爱，能拥抱时就拥入怀中。不要给人生留下太多的遗憾。珍惜内心最想要的吧！"

我：没有别人，你想到哪里去了。我只是觉得我自己有一扇通往心灵的门，可是你的语言中枢神经系统有时上着锁，还有一个门卫把守着，我的语言天使进不去。

祥：换位一下，就都通了。

我：那个门卫有点像周仓，力大无比，那个门卫有时还有一点像钟馗，凶神恶煞。昨晚我真的心情很糟，不是你想象的什么心里装着别人，你不懂我。你就像一个小男孩，没长大。我是说你的性格。看吧，你又上锁了，人也不知跑哪里去了。我还是继续在温暖的被窝里睡觉吧。没事，你忙，别在意我的那些废话。

我显然对文祥撒了谎，没有告诉他关于那个"柏拉图"对我的精神摧残。

这几天居然感觉特别怪，自从文祥对我非常冷淡后，我的心里反而一直很纠结，不知道这个人究竟是怎么回事。不能做朋友，不喜欢聊天，可以名正言顺说出来嘛，为什么这样不理不问的态度？难道我们就不能做正常的普通朋友，可以说真话的那种好朋友？！而且我挺喜欢和他聊天的。谁知道他后来就突然不理我了。这几天我看见他的QQ头衔有个签名："愿得一人心，白首不相离。"更奇怪的是，他经常一边在朋友圈里转发着那些宽容的佛学微信，可自己的言行却如此捉摸不定，如此高冷。真是一个不可思议的男人！第一次遇到这样奇特的男人，是我有生之年从未遇到过的一朵奇葩。人心难测啊！哦，天啊，像文祥那样城府太深的男人简直令人脊背发凉！摩羯座，真的是很可怕，像冷面杀手！不寒而栗！寒冷的冬天快来了，远离这个冷面杀手吧！

璐玻，当我写下这些文字的时候，我感觉内心是疼痛的。我不知道你有没有过这样的疼痛？不过我看见你婚后好像活得蛮洒脱，没有一点一滴的烦恼似的，对什么都不在意。挺羡慕你的心态，和老公感情好，开心又自在的样子。可我常常却只能这样在心里自言自语。

文祥今天直到现在一直没有回信了，也许他就此消失了。人说女人是月亮，可我感觉他倒像云层里时隐时现的月亮。但那天他突然说这周末要处理一些协议，说约下周见面。我说下周我要回永州给姑妈过生日，没啥，以后有时间聚。

（4）AB古镇

开春之际，姑妈母女俩从永州赶来，见母亲精神较好，执意将我母亲接去她们家玩儿，但没玩儿几天，母亲还是执意去了昆明舅舅家休养，要过完春节才回来。下班后，我自然清闲了许多。以前曾向一位琴师学过古筝，于是自己闲时常宅家弹上一两支曲子。

没想到书桌上的手机响了，一看是阿祥打来的，他声音很低，手机信号不够好，大概的意思是说带我一起去哪里的古镇逛游一下。我惊喜地从沙发里几乎是蹦跳了起来，类似刚从监狱里放出来的囚犯那种渴望放风的心情，不，比那还要"疯"。我开始匆匆梳洗打扮，画简易妆的动作极其麻利，一般只需5分钟就能搞定，但这次还是因为有些激动导致眼线笔在手中有些颤抖，在眼尾处重新返工，给心里平添几分急躁，更像一只在笼中关闭已久的小鸟，恨不得马上被放飞。18日下午，我向科长请假半天，约好时间与阿祥在竹口街碰头。阿祥大概3点过的时候开车到了公司，远远的，当他的电话响起，那辆枣红色越野车出现在我眼前的时候，我心里是狂喜的。我提着行李上了车，看见他变得更阳光帅气了，晃动着一颗圆圆的小光头，眼神里闪动着柔和的光芒。他问我打算去哪里，还叫我看他收集打印的有关古镇资料，最后我们一致决定去 A 古镇。他的驾驶技术不错，我还以为他的驾龄有好多年了，结果他说其实不过才开了一两年时间。一路上，他时不时左手把握着方向盘，右手伸过来握住我的手。第一次见面的时候，他就有过类似行为，只是那时我感觉特别扭，赶紧就把自己的手缩回来藏着，可是现在，我不再拒绝了，我心里清楚，自己开始慢慢喜欢上这个不羁的男人了，究竟喜欢他什么，我不知道。总觉得他身上有阳光的东西吸引着我，比如他喜欢佛学，喜欢哲学，喜欢旅游，喜欢摄影，喜欢文艺，茶道，以前他还喜欢画画，武术……

但他笑起来满脸嘻嘻哈哈没个正经的样子，又令我感觉他像一阵风，一片云。

到达 A 镇的时候，天已黑，还下起小雨。也许是我从小受母亲勤俭持家观念的影响至深，我一直就没有大手大脚花钱的毛病，所以叫他尽量找价格便宜的酒店住下。我说我们出来的目的是为了欣赏风景，体验风土文化，不是出来贪图物质享乐的。原本我想各自订一家便宜干净的客栈，可他说酒店停车安全，而且他打听了价格便宜，那酒店一晚才一百元。我执意要自己另订一间，他不同意，说一定会尊重我，绝不冒犯。

两人一起去吃了火锅，我执意主动付款，不想他破费太多。

我们度过了一个折腾而难忘的晚上，他给我讲了他家里的一些事：病逝的母亲生前很疼爱他，父亲却一直偏爱弟弟，那父子俩还总是这样那样找他要钱，可当他每次生病住院他们却从不知道关心他。他挺心烦的，想渐渐远离他们。我说了很多安慰他的话。后来两人各自洗漱，熄灯各自在各自的床上睡下。我反复告诫他不许冒犯我，他说放心，不会的。要是冒犯了，我就永远不理他。

心想他一定会守诺言的，却隐隐有一丝担忧他不守诺言。

我始终穿着一件长至膝盖的纯棉白衬衣蜷缩在白色的被子里。关灯后不多久，黑暗中，他竟然跑到我的床上，身体重重压在我身上，使劲吻我，我像一只在泥潭中使劲儿挣扎的小泥鳅，嘴里骂他臭流氓，满嘴的臭烟味，身体却无法控制地慢慢软了下去，带着恐惧、欣喜、矛盾的心理状态在爱的旋涡里挣扎，在爱的火海中博弈。他居然一边狂吻着我的唇，我的脸，一边在我耳边说，你是个倔强的女人，你就是需要像我这样的臭流氓才能镇住你！这一夜，是挣扎的，也有一些美与痛交织的感觉。自从与"柏拉图"分手后的两年中，我再也没有体会过爱的滋味，潜意识里，我又是那样的渴望，渴望真爱，踏实的爱，而不是短暂寻欢。心里纠结的是，就这样把爱付出去了，一定会让阿祥觉得太过廉价，觉得一个女人不够自尊、自爱和自重，他也不会珍惜这样的爱，最后受伤的注定是我。可是，我又能如何？脑残也好，智障也罢，在心仪的男人面前，女人的爱覆水难收，哪怕明知前面就是万劫不复的深渊，难以自拔的沼泽。

第二天一大早，他还在睡，我悄悄提前起床洗漱好，出门去把早餐买了回来。他醒来吃了玉米粥，说很合口味。收拾好一切行李后，我们向附近的 B 镇出发，就是当年拍摄某部老电影的地方。阿祥买了两张门票，我们进去停留在摄影铺子门前，他叫我们各自穿上国民党军装，一个 19 岁的小妹妹在该店铺打工，她自己也换上军装当模特，给我们两个一一拍摄了好几张，还示范摆出一些滑稽的造型动作。阿祥要小妹妹把照片拷给我们，小妹妹好像有些不情愿，我也帮着圆场，小妹妹终于同意了。谈话间，我感觉阿祥对那个小妹妹很热情，还问小妹妹有没有微信，可以加上，以后到春江玩，他还可以陪人家。小妹妹说她没有手机。在旁的我着实有些听不下去了，直接冒了一句，这样吧，干脆你给小妹妹买一部手机吧。阿祥盯我一眼，憋了一下嘴巴沉默了。

现场快速冲洗后，我们拿到了各自的相片，照得还不错，可以留着当纪念。离开铺子，把照片放到车上，我趁机说了阿祥两句，说他对人家小妹妹那么热情，有点轻浮。他说其实是哄哄她的，这样她才会把照片拷给我们，这个都不懂，傻瓜。我没再言语。

在镇里，我们游览了一些民国时期风貌的老宅，戏台，茶楼，还目睹了当地选拔的群众演员现场演示新中国成立初期，头顶上戴着用白色尖尖纸帽的地主被游街示众的场面：地主老儿的脖子上吊个木牌子，上面用歪歪扭扭的毛笔字写着"打倒大地主"；百姓则穿着阴丹布的蓝色对襟长衫，头上裹着白帕，一路跟在后面。只见游街队伍的前面有人敲锣，锣声停，便有人高声吆喝，具体的字眼我却没有听清楚。我俩进了一家寺庙，在那里叩拜了菩萨，给功德箱里捐了几块小钞，一中年和尚还为我们算命，结果设套让我们点什么灯，阿祥又捐了一百元。出庙的时候，我埋怨他不该给那么多。他说没事。

边走边游，阿祥好几次主动提出叫我拿出手机，他给我拍照。我也给他拍。在一家木质结构的茶楼上，阿祥给我讲起了一件过去他工作上发生的一件事：阿祥曾经在机关里做宣传摄影工作，得经常带着公家的相机，相机价值上万元，阿祥对相机从来都是爱护有加。有一回，一个不讲理的同事因为和阿祥发生了工作上的一点冲突，竟然恼羞成怒，从阿祥手里一把夺过相机，直接扔进水沟里，阿祥一怒之下和那人扭起来。事后，那人有后台撑腰，狗仗人势，反而诬陷是阿祥自己把相机扔进水里的，叫阿祥赔偿。此事直接闹到上级那里，上级自然帮着那坏蛋，阿祥面临四面八方的压力。但他没有妥协和绝望，找朋友出点子，想办法，最终将此事反败为胜。

我心里真替阿祥叫绝。

我们继续在镇里闲逛，阿祥给他弟弟的女友买了一个好吃的饼子和一套袖珍陶瓷茶具。令我感到意外的是，过了一段时间，他似乎意识到了什么，回去后居然送给我一套很精致的印有十二金钗图的陶瓷茶具，我将茶具小心翼翼地放进书柜。书柜有着透明的玻璃格子，随时一抬眼便可看见那茶具静静地摆放在那里。

小镇游览完毕后，他继续开车，我们往永州赶，他手机联系他弟弟，说是去某公园茶楼看看弟弟新交的女友。我问他有时间看能否送我回姑父母家一趟，我还把前些日子不开心的家事讲给他听了。他说，没事，可以送我过去。

到了公园茶楼，我见到了阿祥的弟弟阿伟，微胖的新女友怀里抱了一只可爱的小泰迪狗，他的堂弟堂哥也在一起。据说这家铺子是他堂哥开的。其间我趁上卫生间的机会进去浏览了一下茶坊的陈设，装修得富有中国传统文化气息，挺雅致。

阿祥和他们聊了一会儿，最后我俩说有事便离开茶楼。

阿祥牵着我的手，陪我去周围逛了一下，他问我真正的夫妻生活最好应该多久一次。我客观地说，至少应该每周一次。他也认可我的观点。天色渐渐黑了，我们便驱车离开往永州我姑父母家赶路。路上阿祥问我姑父是否吸烟，我说他要吸烟。阿祥没多说什么，专心驾驶。我是一只菜鸽子，一直对路况智障，无法指挥阿祥走最好的路线，只得靠手机导航和车导航。城里塞车特严重，稍有不慎车辆便容易发生擦挂。一路艰辛，终于到达姑父母家。祥把车停在路边等我。我匆匆将原本准备好的新手机拿在手里，阿祥执意递给我一包中华香烟，非要叫我带给我姑父。我拿着新手机和香烟，进了小区咚咚敲响了姑父母的房门。他们开门后，眼神的惊异自不必细说。我径直将东西放在茶几上，对姑父母撒谎说马上要走，同事们在外面等我。二老想留我吃饭的样子，我说时间紧，不行的。由于坐了太久的车，我腰部酸痛到极点，赶紧上了卫生间。出来后，二老匆匆从房间拿出一大袋花生，还有两个蜜柚，叫我带回春江。姑父说他送我，我赶紧推脱。

把东西放到阿祥车上后，我叫阿祥去街边吃晚饭。吃完后，我俩继续往春江赶路。永州城里路线复杂，途中好多次，我看见他有些急躁的样子，我一点不敢多言，怕他分心分神。

后来终于进入高速路上，他的神经才稍显轻松了。我有点心疼地问他，是不是太累了？他说只是肩膀有点酸痛。我说你在开车，没法给你揉揉。他说没事。快到春江时，他突然说他好想今晚继续和我在一起，还说好想每周我们两个都在一起。尽管我明知自己内心喜欢他，但两人相处时间如此短暂，我还是感觉有些不妥，便断然拒绝。他只好送我回家，然后离去。

下车后，我拎着一大堆东西，咬牙回到了家，只有小狗在。

昨晚 12 点过，我看见阿祥在微信里单独给我发过一篇文章，是关于职场禁忌的文章，我知道他是希望通过此文，告诫我在职场上要多留心眼儿。我问他肩膀好点没，怎么那么晚还不休息。他没回答。

今天一整天，阿祥一直静悄悄的，晚饭时，突然将我的照片从微信里发给我，互相问候几句，我叫他随时可给我打字聊天。他又沉默了。阿祥就是这个性格，我得尊重他才是。

我将一首好听的外文歌曲《轻声说爱我》发进了朋友圈，一个人静静地倾听那优美的旋律。

（5）照片已收

文祥，照片已收，谢谢你。昨晚你在微信里说脏话，带脏字，不喜欢你。大多数男人就是这样的德行，一旦获得，便不再礼貌，不再尊重，然后对方也跟着潜移默化带脏字。喜欢禅学的你应该是有基本素质的人，不应该这样，待人三分钟的热情便消失殆尽。我不是很了解男人，不知道是不是必须带脏字才能代表一股子男人味儿？我觉得，一个男人如果最初喜欢一个女人都可以随性脏字，他肯定不是真的在乎这个女人，后面相处下去的场景，更是不堪设想。

对那些低素质、没有受过教育的男女说话带脏字，我还可以理解。我不理解的是，脑子里多少受过文化熏陶的人，带脏话是无心还是一种惯性？也许平时的你，经常这样惯了，所以口无遮拦？我很愚钝，实在不明白。反正我就是觉得一个男的刚开始就对一个女人说脏话，绝对不是真的喜欢这个女人。哪怕他装也会装得知书达理，即使后面随着时间推移，暴露他粗俗的一面，也是后面的事。唉，为什么人总是这样，美好的感觉总是星光般稍纵即逝？

我知道，也许我只是你情感空窗期的一个填补，一个替代品而已，所以你才那样的不在乎。此时，我又为自己对你的在乎而感到可悲。也许你喜欢的人是那种彼此不用在乎，彼此都抱着玩玩儿的心态。显然，我不符合你喜欢的那种类型，我难以达标。我只知道我自己，如果喜欢一个男人，在乎一个男人，我就要尊重他，对他温柔，礼貌，我再生气也舍不得对他说脏话，说不出口。

后来，文祥对我解释他说脏话的缘由，说他那是对很熟悉的人一种特别的"爱"，就像乡村下里巴人的那种，简单纯粹的爱，不需要怎么去润色表达。你的气质与敏感，正是因为你的内涵和真诚，我除了感动就是越来越深的爱恋。

我淡淡地回复他，没什么，我只是为我自己感到悲哀。一直希望得到纯粹的爱，付出纯粹的爱，但是这个世界，没有什么纯粹，爱，就像玻璃，稍不留神，就会碎。一个人的心，你是无法直接看见的，只能透过彼此的细节去见证。语言可以粉饰，可以遮掩，但是，人的细节一定不会撒谎。我所需要的，就是彼此的真诚，彼此的在乎，彼此的感觉。即使这个世界上没有，就让内心保持空缺。我不知道我为什么那样去在乎你？甚至包括你的一个脏字，我都会在乎，在常人眼里，这简直是小题大做，微不足道的一件小事，不足挂齿。但我始终难以理解自己究竟为什么会去在乎。然后内心会一下陷入难过的状态。一个人就在内心不停地纠结，不停地自我折磨。我不愿意被你当成填充物或者替代品，宁愿保持内心荒芜，也不愿被你可怜或者施舍所谓的爱。所以，我希望你好好冷静，想想清楚，自己内心究竟寻找的是什么？是得过且过的短暂寻欢？还是长久的相依相伴？我一旦爱上你，绝不会再接受别人的爱，这就是我。一个人，只有做到了尊重自己的内心，才会做到去尊重别人。

文祥说，我对自己所爱，就会把她当成小孩，故意假装骂她欺负她，其实内心很爱她！如果我心中还有距离的话，就会彬彬有礼保持距离，彼此很谦让假装的尊敬，用社会面孔去相处。对自己亲人和爱人就会释放自己最朴实真挚的一面。所以，你不要对我的一些小小粗口心存芥蒂，胡思乱想，引申到阴暗面去！要正能量去想！昨天你说的那句话真的很感动我！连我都差点相信神灵了。

我问他，是不是说是你妈妈在冥冥之中让我们相遇的那句话？

文祥发来一个"微笑"的表情说，你的第六感觉真准！

（6）早上好

早上好！昨晚给你说了那些话后（这一点是因为客观环境的制约，你我隔得远，当彼此需要关爱和温暖的时候，不可能在身边及时给予安慰，只能这样用文字去表达，所以希望你能谅解一颗女人心），心里很难受，看到你也心累，心烦，便没说了。然后一个人躺在床上，心里堵得慌，忍不住无声地哭泣。哭过了就好多了。两行眼泪有时是对好伙伴，它俩是唯一最能让女人在心情低谷时得到释放的两条瀑布，两股清泉。如果没有眼泪，无人安慰和温暖，女人就只能一直憋，憋到精神崩溃。大部分女人比男人长寿，或许应该感谢眼泪的功劳。

我知道你又嫌我唠叨了，可是我想对你说话，该怎么办呢？戴个口罩？可是戴个口罩没用。眼睛盯着你？眼睛还是可能会想说话。那戴一副墨镜？不可能随时都能给你打电话说话。

你忙，不用回我。可我这会儿终于忙完了，想歇口气，只想这样自言自语似的对你说说话，心里就会舒坦好多。谁叫我们短时间内就成了异地恋，这不是我能预料的事。而明知异地恋是非常辛苦的，会产生相思、依恋，甚至会发生很多难以预测的变故。另一方面，无论是时间上、精力上、精神上还是经济上，双方都会付出很多。我不知道你会不会觉得特别累，而且限于客观环境的制约，彼此常常无法直接交流，往往导致我只能这样和你说话。一直以来，我在外面还是一个比较矜持的女人，甚至几年前，在局长办公室，他有些失望地说，性格决定人生，你的缺点就是让人感觉太冷了。我始终想不明白，为什么其他女同志对我都是满脸巴结，你却总是对我冷冰冰的，真是一个冷美人。唉，要是你没那么冷该多好，能有效利用自己天生的资源，要知道女人的资源是很短暂的。凭你的工作能力，完全可以提拔你当个副科长什么的……我淡然一笑，谢谢领导好意，请问领导还有何吩咐？没什么事的话，那我就走了。局长点燃一根香烟，吞云吐雾，他突然好像喉咙里被什么呛住了，剧烈地咳嗽了几声，也许他正期待着我应该马上给他把茶杯递过去，但是我却像颗钉子似的立在那里一动未动。然后他失望地摇了摇头。我拉上局长办公室的门，带着一股鄙夷的眼神转身离开了。我心里真想说，对不起，尊敬的领导，我只是一个极其普通的女人，不是什么美人，我确实有时冷冷的样子，尤其对没有感觉的人，我刻意疏离以待。因为我不可能对无法产生感情的人热情，热不起来，更不可能有轻浮之举。如果一热，一轻浮，对方就会更加肆无忌惮，趁机而入，岂不是自找麻烦？我最多只能以礼相待，保持距离，淡淡相交。

　　祥，这样称呼你会觉得肉麻吗？但心里就想这样亲切地称呼你。本想称呼祥哥，因为你实际年龄比我大，但自从那次和你一起喝咖啡，看见你，却感觉你好像是我的弟弟，尽管当时的你像茧一样把自己裹得严严实实，让我些许困惑和畏惧。当时你甚至有两次忽然轻轻拉住我的手，我突然感觉有些害怕，赶紧把手抽开了。有时想想真是觉得不可思议，要是你一直从未给我打过电话，老天没有让我们绕一大圈在和顺碰上，我一直不曾打开心扉，是否我们也就此擦肩而过了？也许到现在都是两个只有几面之交的人，我根本就不会这样和你说话了。也许，恰恰是那个时段，我突然玻璃心了，你的出现将它们统统打破，所以那一瞬，我又渴望敞开封闭已久的内心，向你倾诉。虽然我从未考虑你听了是否觉得很唠叨很烦，但当时就那样倾吐了，之后又突然害怕失去你这个听众，内心陷入迷茫的境地，自我精神折磨。本想今午休时才给你留言，但我看见今天阳光很好，所以我决定吃了午饭一个人出去走走，晒晒太阳，这样心情会好很多。心情不好的时候，我不得不常常学习自我调适。让阳光照进心里去，是一件美好的事。我知道我们之间有很多座山一般的阻碍，如果你哪天突然感觉累了，想放弃了，就告诉我，我不想拖累你，因为你是无辜的。现在，我无法去预测未知的未来，想多了心就会太累。只想尽力开心地过好每一天，开心地和自己喜欢的人说说话足矣。

文祥告诉我，说他胃疼，吃了些药，感觉要好点了，但是胃部还是有点隐隐作痛。

祥，我估计你患有胃病，源于经常熬夜加班，吃饭不规律，饱一顿饿一顿，还有就是吃得太快。我以前经常也是这样，吃得很快，因为小时候我父亲在边远藏区工作，我随父亲在那里生活、读书。那地方的冬天很冷，我吃慢了，爸爸的巴掌随时就会落到我小脸上火辣辣疼死人，所以我经常都吃得很快，以至于至今都难以慢下来，有时胃也痛。你有空自己要学会熬粥，熬各种营养粥喝，对胃有好处。胃病全靠疗养，调理。还有你去好好检查过没有？究竟是不是胃病？还是肠道的原因？消化系统的东西很复杂的，需要抽空好好检查，才能确诊，对症下药。乱吃药是一种不好的习惯。以前我在有个地方工作时，单位有个司机得了胆囊炎还是什么的，自己经常乱吃药，最后病情加重，得癌症死了。大概只有四十多岁。所以，我们要引以为戒。要是我们能在一起，我真的很想每天照顾好你，从日常生活上把你的胃彻底调理好。我相信，如果你真的爱我，即使你不爱惜自己的身体，你也会因为想到要带给我真正的幸福而为我去改变自己那些不好的生活习惯，为自己的身体负责，为我负责。当然，如果你只是抱着玩玩的心态和我在一起，根本不会去在乎我，也就当我这些话从来没有说过。不管怎样，即便你随时另有新欢，我相信，你如果真的爱那个新欢，你也希望自己是健健康康，才能和新欢谈得上快乐可言。因为快乐，是建立在身体健康的基础上的，如果一个人连身体健康都没了，还拿什么去谈你们未来的幸福？人连生命都没了，其他任何都是零。一定要记住我说的这些话，虽然很唠叨，久了会很让你心烦，但我还是忍不住说了。我是不是很让你讨厌？但是，没有办法，我就是这样的人，会为自己在乎的人担心，焦虑。

哦，差点忘提醒你了，你不是说要发一篇关于解析摄影作品的文章给我，帮你看看文字是否顺畅吗？呵呵，我水平低，若改得不好，可别责怪我。

文祥回信说，没有谁比你更让我温暖了。这是上天的恩

赐！我会记住你的劝勉和关心，把身体调养好，以后还有很多
美好的日子和岁月让我们感受。

我说，没事，你忙你的。有时我想和你说话，就在 QQ 里
留言，你看到就行了，有时间及时回就回，没时间回也不要
紧。毕竟工作第一。我非常理解你。有什么事就告诉我，不要
闷在心里一个人难受。我们一起想办法解决。哦，对了，那
个枸杞，一定要记住每天早上到办公室，就放几粒在杯子里，
每天坚持喝，并且最后要把那个枸杞一起吃掉，不要把枸杞倒
了，因为真正的药物成分在枸杞里。吃完了又买，你没时间
买，我给你买。关键是要坚持喝，对眼睛和肝脏都非常有益。
你忙吧，不回我没事。你把你自己照顾好才是关键，你看你那
个胃成什么样子了？我今早又问同事了，同事说胃溃疡、萎缩
性胃炎，弄不好就会癌变，同事也有这个病，经常都在吃药。
他说他在当地医院检查了很多次，诊断结果不一致，医生一会
儿说是萎缩性，一会儿又说不是了。他说关键在于养胃，一定
得慢慢调理，养成好的生活习惯，必须忌嘴！这一点，希望你
一定要努力克服，不要再吃辣椒了！再吃就没命了！

（7）倦意中的独白

祥，昨晚我很疲倦，一个人早早就窝进被窝里。躺在床
上，看到你发的微信，那些摄影作品确实非常棒，主题思想深
刻，画面令人感动。虽然我在摄影专业知识方面是个门外汉，
但我一直喜欢欣赏各种艺术作品。

　　我能体会和理解你为什么那样喜欢旅行，因为一个爱好摄影的人是无法离开旅行的，只有在旅行中才能忘我地投入大自然的怀抱里，去捕捉大自然的灵魂，捕捉到最有意义的镜头。就像画家，需要经常外出写生，那样的作品才能焕发出生命的活力。

　　祥，也不知道你们那次什么时候到的公司？路上应该没事吧？估计你被累得变形，你所做的一切，我都看在眼里，记在心里。

　　上次我们几个不会开车的笨蛋坐在你车上，你单独开了上千公里的车，一路很辛苦，真想给你按摩按摩腰部都没法做到，见谅。

　　昨天回来的路上，头一直很痛，可能是一冷一热，感冒引起的。回到宿舍喝了点粥，本想去洗个澡，却没有力气，洗漱完就倒床上了，半夜出了很多汗，今早起来头就不痛了。这会儿在办公室，又感觉头有些痛。祥，我太了解自己的病根在哪里了，长期精神抑郁烦闷，身心受损。只要精神愉悦了，身体免疫力自然就提高了。曾经的我，是那样的阳光开朗，清纯活泼。很多次，有人直接或间接告诉我，说我是他们的青春偶像，我想，那只是别人吹捧的话而已，不必当真，于是自嘲地对他们说自己是呕吐的对象。后来婚姻上遇人不淑，离异后又经历一段折磨身心的恋情，慢慢跟着几乎变成了连自己都想呕吐自己的对象，萎靡不振，麻木不仁，抑郁封闭，半死不活，行尸走肉。

　　祥，今晚你最好早点休息，明天开车挺累的，容易疲倦，需要休息好才行。晚安。

（8）昨天中午

忘告诉你了，昨天中午在外面回来顺路给你买了一件毛衣邮寄过去，当时也没有时间单独好好逛逛再去给你买，想到你那边冬天很冷，多穿一件总比少穿一件暖和。走着走着，甚至突然产生一种冲动，好想哪个周末，在这边买好滋补的食材，坐上班车，悄悄带上去看你，给你煲汤，好好养养你的胃，然后看着你美美地喝汤吃肉的傻样，就会觉得特别开心。哪怕你有一天变得活蹦乱跳，满世界去花心，追逐那些各式各样的花蝴蝶，我也只有祝福你健康快乐，不愿意看见你的身体成现在这个样子。

我知道，自从我们身心交融后，我的心已经飞到你那里去了。我知道自己最后是飞蛾扑火，还是没能控制住自己的心。每天除了上班，空了就是想你。我了解自己，内心太感性，太重情，不是路边那些水性杨花的女人。我也是一个骨子里在乎传统，在乎面子的女人，为了面子，曾经的我甚至可以选择放弃生命，让鲜血一直流到天亮，我竟然奇迹般活了下来，但体内却从此落下了一个特别畏寒的病根，只能慢慢调理。我是一个在乎亲朋评价的女人，不想被人指指点点，说三道四。在熟识的人们那里，客观地讲，他们都知道我是一个比较上进的女人，工作努力，也是一个贤妻良母。所以，这些年，哪怕自己的个人生活没有真正的幸福可言，我还是尽量回避一些话题。

偶尔情绪低落时，我也免不了往悲观处想，也许你只是把我当成旅途中的一个玩伴而已，不会真的去在乎我，更不会真的去爱我。其实，即便有一天你允许我选择你，我都必须付出超常的勇气：放弃面子，被人评论一二三，令人大跌眼镜，觉得我不够像一个彻头彻尾的好女人。

这就是我内心想对你说的话。昨晚很难受，半夜还扛着"锄头"去朋友圈里挖精神"自留地"，其实是为了释放心底的痛苦，释放，释放。

你忙吧，不打扰你了，不用回我，耽误你时间，还让你分心分神，影响工作。看着你身体成那样，还辛苦上班。我要是一个女强人就好了，不会让你这个样子还上班。只怪我太无能。

衷心希望你听听你朋友们的劝，周末不要一个人开车到处乱跑了，又花钱又耗体力，好好在家休养一段时间，空了自己学习熬粥，煲汤，营养自己的身体才是根本。身体没了，看你哪还有精神去旅行，去体验，去看世界。没有精神，看你拿什么力气去浪漫，去做爱。你之所以那么消瘦，主要就是你的胃被严重损伤，又不及时调理，继续恶习不改，后果不堪设想；再就是抽烟太厉害，一支接一支，烟熏火燎，纯属自虐。你不想活了，干脆长痛不如短痛，直接跳崖算了，免得这样慢性折磨你，也在折磨我，因为我看着你这样活活折磨摧残自己，我心里会很疼很疼。而我在疼的时候，你却龇牙咧嘴在怪笑。

中午外面太阳很好，从外面逛了一大圈，晒晒晦气的心情，刚回到办公室，排解郁闷，恢复元气。

其实在午间，一个人走着走着，索性想猛地从桥上跳下去，可是回头看你一直没来，就没敢往下跳。心想，一个人跳下去了，多孤单多寂寞，一起跳总得有个伴儿才好。开玩笑的气话而已，叫你不爱惜身体就去跳崖，你跳下去了，我怎么活？再也没人听我说话了，从此心门彻底关闭了。我宁愿自己比你先死，也不愿意比你后死，后死的人去面对失去心爱之人的痛苦，那种滋味在19岁那年就刻骨铭心地体会过了，很多年一直活在回忆里，梦里，始终难以从中解脱出来，就像三毛失去荷西的那种痛苦，生不如死，最后自己也跟着西去才算灵魂得到彻底解脱。

本来我骨子里其实就很阳光，也喜欢幽默。只是曾经跟着阴郁的人生活久了，把本性压抑了。

我告诉文祥，在外面为顾全你的大哥形象，叫你"祥哥"，在内叫你"墙"，"墙"能给女人安全感，可以替女人挡子弹。文祥笑着回信说我很幽默。

文祥回信说，如果我和你在一起，我相信会把你从回忆中解脱出来。面对你新的生活，焕发你新的青春活力。

（9）文祥在线

昨下午给阿祥发了几条小说微信后，他一直就没再理我了。也许忙，也许不高兴我，烦我了。

躺在床上特别无助，也特别难受，心里却希望阿祥能够看见我在圈里的留言，他好像很多天都不愿理我了。回到家，我给他打电话，他根本不接。因为原来我说过这周末要回请他喝茶的。晚上我还是没死心，又给他打了电话，他还是不接，我心里特别难受。

昨天是周一，我们冬季是 8:30 上班，我一到办公室就打开电脑，登录 QQ，一看，居然阿祥在线。我问他为什么不接我电话，我从来没被人这样伤过，我只是觉得原来说过要回请他喝茶，就应该诚信。而且在我印象里，他应该是一个有内涵的人，可是他却这样对我。我问他，我究竟哪里又得罪他了，直接说出来便是。他回话发了一朵"玫瑰花"和一颗"心"，说他想到我说这周要外出，就没下来，还说在朋友家有事耽搁了，让我费心了，还说了道歉的话。我一下就谅解他了。今天上午本想和他说话，但他很忙，怕影响他，我就没多语了。午休时，我还是忍不住把想说的话给他留言了，没想到下午他看见就回话了，还说……迷迷糊糊，现在已经记不起他当时都对我说了一些什么，终于让我安定下来。

窗外，雨滴滑落。夜，格外静。心，我的宝贝，睡吧。晚安。

（10）上周末

上周末，我在家边写文章边等阿祥，甚至将要带给他的东西全都装好，还准备出去给他买好吃的东西带回去。结果，直到天黑，一直没动静，发了一些微信过去，还是没有回音，直到深夜 12 点过了，我辗转反侧，实在忍不住又继续给他发信息问候，也流露出不被他在乎的心情，深感失望，甚至觉得这场爱根本没什么意义。他发了两个晃动的表情便什么都没说了。第二天早起，我看见他 8 点过发给我的几条微信，大意是他答应客户两三天就完成 68 页画册的制作，而按常规广告公司一般要用一两个月才能完成。结果他把自己累得天天加班至深夜，在路上开车几乎要睡着了。他又叫我帮他去一个老师那里取个证书，是他参与的一个摄影小奖，他说话卡叫我拿去用。他还说昨晚开车回来时换身衣服，我突然感觉他累得好惨，我说那把衣服给我，我帮你洗。他说，你搞错没？我们现在还不是一家人。我后来给他打电话，说帮他去取，话卡不用。还是他留着。他告诉我，他胃有点痛，我说那你赶紧去吃点东西便挂了。

昨晚 11 点过，突然想阿祥，给他发了微信过去，意思是他应该告诉我一些细节，也许我可以帮他出出主意，不至于累成这样。他没有任何回音。半夜醒来，却看见他在朋友圈里发了一条老祖宗留下的关于混社会的微信。心里有些奇怪，不回我，却在圈里发。真不够意思。

早上一觉睡醒，看见他 6 点过就给我发了一条微信，是国学大师南怀瑾的名言之类，其他什么都没说。我简直无语了。这几天，我都不想理他了，感觉他有时根本不懂女人心，是故意这样还是无意，搞不明白。我突然觉得，一个人的内心，不是别人轻易能猜透的，他的内心，我也没法轻易走进去，他也不会轻易让我走进去。一个离过两次婚的男人，内心总是有残缺的，究竟是他伤还是自伤，只有他自己最了解自己。既然这样，我何苦深陷？人这种动物很奇怪，你越是在乎一个人，别人越不把你当回事。你越冷，他反而对你充满好奇心，越是想走近你。犯贱的男人实在太多，不懂珍惜的男人实在太多，游戏的男人实在太多。也许，他只是把我当成一个感情归宿的备胎而已。我那么认真，那么深陷做什么？傻瓜一个。那天我在圈里，留言一句话，当一个女人爱上一个男人，她会从一朵冰花变成一团棉花。我想，在我还没有失去理智之前，还没有陷得太深之前，是否应该从一团棉花恢复为一朵冰花才能保护自己不受伤？

（11）C古镇

转眼就是新的一年了。12月23日（星期五）下午，阿祥来接我，我们相约准备一起去C古镇看看。临走前，阿祥去买了他喜欢吃的兔肉，我去买了老字号凤凰街的"宣鸭子"，以备饿了的时候两人一起吃。他告诉我说还要去接他弟弟的女儿，我问大概等多久，他打电话问了那孩子，大概40多分钟。我感觉时间有点长，建议那孩子是否可以打的。阿祥便叫那孩子打的，孩子在电话里同意了。谁知，车上他突然接到他弟弟前妻的电话，要求他开车帮她接一下在外地学校读书的女儿。结果一等就是1个多小时。我们还去一路标茶楼喝了很久的茶。后来终于把孩子接到并送回家，天已黑。

我们一起驱车去了C古镇，快要到C镇的时候，路上一片漆黑，仿佛整个夜晚的世界里，只有我们两人。在古镇里，到处的住户已经休息了，只有零星的一些小超市还开着门。他说因为当天我给他打电话，问他几点来，他心里一慌，赶紧收拾东西出发，结果茶杯忘带了。所以，这会儿他急着买杯子，我只好待在车上等他。结果，他选来选去，买了一个特大的玻璃杯，我感觉那样式丑死了。他说只能将就了，店里的杯子就那几个款式。我说选一家便宜的客栈住下就行，他说也好，到时我下车去讲价。结果，我去选的客栈，他都不满意。最后他还是选了一家收费比较贵的民居式院落的客栈，到处挂满了灯笼，在黑夜里显得格外夺目。院落里装修的是木质庭院风格，里面还有圣诞树，上面挂满了星星一样的五彩迷你灯。老板说是马上平安夜和圣诞节就到了，客人们来了看着暖心。

阿祥告诉了我关于他第一任妻子的故事，那是一个关于兰草的故事，今后是我的创作题材。看得出，在那段感情里，他被伤得很重。

（12）致文祥的一封微信

我知道，我爱你已经爱到有些卑微了，这不是我原来的模样，连我自己都觉得自己怎么可以变得这样陌生。其实，从昨晚你叫我分享的那篇文章里，我已经隐隐读懂了你要说什么，只是不想太直接告诉我，怕伤我心。我只想说的是，外面的诱惑很多，金钱美色，关键在于你内心真正需要寻求的是什么。如果有一天你感觉在外面旅程漂累了，觉得你所经历的她们都没有我好，如果你还能想起我，我会一直在原地等你回来。

　　如果你只是把我当一个体验品就此放弃，我也不会责怪你，我只知道和你在一起，我很快乐，仿佛回到少女时代。你是一个缺少疼惜、缺少温暖的男人，甚至有时让我感觉你其实是一个外表阳光、内心忧伤的男孩。我只想慢慢给予你从未有过的那种真爱和温暖，让你的心终有一天变得有一种安全踏实的归属感，不再像一个野孩子到处流浪。

　　得知你平安到了就好，总是很担心你在路上安全与否。这边公园里经常有画展、摄影展，有时我一个人爱去拍下来欣赏。我之所以发给你，是知道你也喜欢它们，可以借鉴参考，得以提高。

　　你看到第一幅摄影作品《执子之手与子偕老》里面那两位老人吗？我今天看到那位老婆婆熟悉慈祥的面孔，心里惊了一下。因为我之前经常步行下班途中遇见这两位老人，每次看到他们搀扶着，走得颤颤巍巍，便忍不住心生感慨。老大爷好像比婆婆更老一点，他拄着拐杖，总是牵着妻子的手，生怕妻子走丢似的，那种场景令年轻人为之触动。我心里一直默默羡慕他俩如此苍老，还如此恩爱，而我们大多数年轻的夫妻相比之下，根本不懂经营婚姻，整天除了为些鸡毛蒜皮吵吵闹闹，永远不懂珍惜岁月，甚至空有夫妻之名，无夫妻之实，辜负一生幸福时光。两人活着的每一天，能在一起，能像这两位老人一样懂得相濡以沫，才是真正的爱情，真正的幸福！

　　世界上所有的爱都是相互给予，相互温暖的，包括所有亲情爱情友情在内，那种只知道一味索取的爱，总有一天注定会失去。可悲的人性总是等到失去时再去弥补，再去追悔，已是枉然。伤透人心后，即便使尽浑身解数，补好也是一块大伤疤，挽回已是一个大空壳。

（13）想告诉你

阿祥，想告诉你，我曾经心里有一个人，就是一个典型，失去我，才开始弥补，但我这个人的性情向来冷却便不会轻易回暖。既然心已走远，何必再回头，我执念弥补得再好始终有个疤在那里。一段伤痕累累的回忆，刻骨之痛，要想恢复初心简直太难太难。我一直特别在乎内心感受，伤透了，变成了麻木，心近枯萎，陷入沉睡。直到有一天遇见了你这样一束特别的阳光，心才开始慢慢复苏。但是我无法确定那束照进我内心的阳光会不会是我产生的幻觉，它会不会稍纵即逝。也许那束阳光只是走进我梦里和我开开玩笑，捉个迷藏而已。然后他又去别的角落玩捉迷藏的游戏。但我相信，直到有一天，它终于会玩累的。我无权阻止它去玩，因为我相信，它在无数次玩捉迷藏的过程中一定会慢慢积累，慢慢比较，看看究竟哪颗心最值得珍惜。

我永远不会去强求这束阳光刻意为我停留，如果它愿意为我驻足，我会珍爱它；如果它真的想继续到处漂泊，流浪，游戏，我无法阻止它，给它自由。身心疲惫了，它才会懂得回归和珍视。女人的第六感觉往往很准，我知道一时半会儿那束阳光难以驻足休憩，它也不会轻易在哪个角落安静地停留。但我理解它追逐自由，累了，总会回头。

风景中的女人

　　我知道自己爱上一束阳光是幸福的，也是痛苦的。因为阳光最大的优点是暖心，但最大的缺点就是容易变幻，它畏惧现实的滚滚乌云。

　　我还想对这束阳光说，如果你真的不爱我，确定你的心另有所属，就请当面亲口告诉我，看着我的眼睛告诉我，不要躲躲藏藏，不要犹犹豫豫，扑朔迷离。我也就死心了，继续重复我的麻木，渐渐枯萎。反正已经麻木惯了几十年，生命剩下的时日更加有限，麻木至死也无所谓了。

　　当一个女人将自己的身心交给了这束阳光，要收回去，于我而言，简直太难太难了。即使收回去了，依然是自欺欺人，依然是强颜欢笑，身在曹营心在汉，依然是回到那冰冷的空壳子，伪装幸福和快乐，继续重复，直到衰亡。

　　晚上洗完澡，陪女友璐玻出去拔火罐，没带手机。回来看见有个未接来电，躺在床上，一直在想一些事情，越想越难受。特别空，特别烦，如果不想说话，就别再说了。保持永远沉默，或许更平静。

　　昨后半夜竟然失眠了。

　　月光透过窗户洒在枕头上。望着那轮圆月，默默看了许久，它冷冷地散着清辉，倒是安然。也好，不像烈日那样疯狂得让人窒息。那轮圆月孤独地挂在天上，默默无语凝视着大地。不知道它能不能看见窗边有一双忧郁的眼睛，一直在静静注视着它。

（14）检测报告

祥，刚才看见你发的检测报告了，如果周末我能回永州，就带给姑父看一下，听听他的建议，他学的是中医，但西医也自学了一些。他行医 30 多年，有一定的临床经验。另外，不要因为检测觉得不是很严重就忽略对胃的保养了，不良的生活习惯会导致病情加剧。所以，千万要忌嘴，虽然我不能经常在身边提醒你，但你现在应该想到你的身体不是属于你一个人的事，是属于我们两个人的事。好了，我就不啰唆了，你忙吧，不用回。

最近一段时间，总是一觉睡到 6 点过就醒了，然后脑子里就会去想你，尤其听你说加班很晚吃饭很晚的时候，我突然觉得自己这样去爱你是自私的，觉得你应该找一个可以每天给你做饭的女人，让你早上可以喝到热粥，晚上可以吃到热气腾腾的饭菜，把你的胃病调理好，身体慢慢就好了，可以长得壮一些了。可是这些我都无法做到。就算我们能在一起了，在我退休之前，我们各自在各自的地方上班，我还是无法给你做饭，照顾你。你想过这些问题没有？生活是需要每天的两个人温馨相处的。我为此又开始纠结，难受起来了。

前段时间，前夫突然从国外带着儿子回来说想和我复婚，他迷上的那个花瓶女人跟着更成功的人士跑了。呵呵，他这是咎由自取。他知道儿子是我的软肋，可我已经决绝地告诉他这是不可能的事了，一切都晚了，我的感情不是茶馆，想来就来，想去就去。我心里已经住进了一个人，再也挥之不去，除非这个男人根本不是真爱我。但我坚信，这个住进我心里的人，就是祥，没有谁能替代！

有时我真的好想你我两人直接一夜间就彻底私奔，不用那么心累地给任何人交代，也不想交代什么。只想完全抛开这世俗的一切烦扰，逃到无人认识我们的地方去过逍遥的二人世界，像司马相如和卓文君那样。梦，终归只能是梦。我们两个性格里有很多相似的地方，重情重义，讨厌那种把物质夹在亲情里，不断破坏纯度的感觉，喜欢自然的，纯粹的情感，当无法挣脱的时候，又是那么的渴望逃离，逃离。我现在终于体会到你为什么那样喜欢旅游、旅行了，其实是内心强烈渴望逃离，寻找暂时宁静的一种解脱方式。

你是摩羯座，生日应该是在 12 月至 1 月，不知道是阳历还是阴历？请告诉我。

昨天我就把你的检测报告打印出来放在背包里了，但愿今天下午到下班时间，不会被科长困住，永远没完没了地忙活，那样我下班就可以回永州了。

因为客观条件所限，我们下一次见面又不知要等到什么时候了，我理解你心里的痛苦，那只知道长期对你一味索取的父亲和弟弟，像两条蛀虫一样蚕食着你的身心，几乎快把你的灵与肉掏空似的，让你饱受痛苦和烦扰。但我只能这样对你说：那天有朋友在车上，我不便与你多说话，只能保持沉默。我想给你一个小小的提示，以后不管你有多要好的朋友在身边，当你对他们倾诉你亲人那些讨厌的德行时，一定要控制住自己的情绪。注意语言措辞，因为再好的朋友，他们都无法理解你受的虐是怎样的感受，他们只是在乎一种中国几千年的传统观念，百善孝为先，无论长辈至亲怎样对你不公，对你不善，对你只有物质上的索取，老的永远得让我们晚辈去尊重，哪怕你心里再讨厌他，唾弃他可恶的行为，也得忍住语言的发泄。尤其在外面，你都得从语言上尊重老的才对，一定要学会控制住糟糕的情绪。否则，别人反而误会你是不孝之子，明明是你对他们付出那么多，到最后却没落个好口碑。一定要注意这个细节问题，听见没有？在我面前，你随便发泄，想骂谁尽情骂，骂了就痛快一些，因为相处久了，我理解你，感同身受。

有时我在想，老天为什么喜欢捉弄人，为什么要这样对我们？在过去对的时间，我们彼此错过，无缘相识；而今，在错误的时间相遇，却已相见恨晚……

别嫌我唠叨，你一个人在那边，不会照看自己，而且长期对自己的生活起居肯定也是粗心大意的。我给你的那袋枸杞每天一定要记住泡水喝，过期变质就可惜了。枸杞的养生保健价值很高，对眼睛、肾脏、胃溃疡等都有很好的疗效。我在家煲汤的时候，也喜欢放一些枸杞。这些年，我要是精神肉体上不被前任折磨，心情经常能保持愉悦，肯定会比现在年轻一些，有活力一些。身心的健康，是任何东西都无法替代的。为什么今天我会又重复这个话题呢？因为今早我一到办公室泡枸杞，就不由得想起了你，觉得你也该泡上，所以就忍不住叽叽呱呱对你唠叨了。没办法啊，异地恋就只能这样用文字传递心里想说的话。你忙吧，不用回我。

知道吗？上午开会时接到你电话，突然就想，我们又要分别了，虽然不是很远，可是每次见面却不是那么容易，这些都是因为异地的原因，还有我目前的状况造成的。心里不禁有些隐隐的难受，想到你经常这样开车跑来跑去，忍不住会为你担心，毕竟路上要开那么久的时间。也许我生来就是为别人担心的命，不是担心这就是担心那，我控制不住我自己的心不去担忧，老是缺乏一种说不出的安全感。

前些天，没来得及告诉你，怕影响你繁忙的工作，一人独自去了高庙古镇散心。在镇上，为你买了一丛石斛，先暂时替你栽培着。据说泡水喝对养胃有益。下次相聚时你再带回住处栽种以备药用。此前你告诉过我，你曾经在你母亲病逝后，学会独自去旅行，学会壮胆，去认识外面陌生的世界。你还说只要心里装满阳光，无论走到哪里都能见到阳光。可是我晚上一个人独住在陌生的客栈里，一夜不敢关灯入睡。次日离开高庙前，去了烈士桥，瞻仰了"七烈士"为中华人民共和国成立英勇牺牲的光辉事迹，感到自己身为一介女人面对孤独却如此胆小懦弱，真是羞愧至极。

昨夜窗外一场暴雨，把雨棚吹打得哗哗作响，将我从梦中惊醒。心里总是颇为伤感，倍感孤单。这也许缘于小时候，一个人睡在故乡的老屋里，屋子的最深处停着一口黑漆棺木，那是老外公为自己故去提前备好的。环顾老屋的整个布局，棺木也就只能停放在那个角落里最为合适。可是每当夏季雷雨季节，黑夜的恐怖总是时时袭击着我，我忍不住紧裹棉被，哪怕身上被捂得汗水淋漓，还是不敢掀开被子，也不敢告诉大人，怕被责怪是胆小鬼投胎来世。这样的日子不知过了几年才宣告结束。

　　祥，我以为昨夜那场暴雨后今天应该是响晴了，谁知不巧却是个阴雨天。你说明天会是晴天吗？难道那束阳光只能永远驻在我心里，而明天依然还会持续着暴雨或者阴雨？不，我不相信！只要心中有佛，我依然虔诚地祈福今夜能有一弯明月挂在我窗前，明天一定就会有太阳露出和煦的笑靥，明天不行还有后天，我会一直等着阳光出现。